# ブルースマイル

瞳じゅん

文芸社

裸のままベッドのなかにいると時間が止まってしまうような気がします。

宝石のように硬く凝縮された時間をすごしたあとの、まだけだるい感じが残っている腕をそっとのばし、静かにカーテンを引くと、室温でくもったガラス窓の向こうはぼんやりと霞んでいて、まるで印象派の絵画のようなのに、指先でこすったとたん、冬の街が鮮やかな輪郭を現わします。

もうそろそろ陽が傾き始める頃だというのに、解け残った氷の水溜まりが、歩道のあちこちでキラキラと輝いています。葉の落ちた街路樹の枝がかすかに揺れているのは、きっと木枯らしのせいでしょう。

十階建てのマンションなどこの辺ではそれほど高い建物ではないのに、高台の斜面に建っているせいか、思ったより遠くまで見渡すことができます。ジグゾーパズルのような住宅の連なりの向こうに高層ビルが水晶みたいに林立し、そこへ吸い寄せられるかのようにカーブしながら延びている高速道路のうえを、無数の車やトラックが、まるで別世界の出来事のようにゆっくりと動いています。

柔らかい外光がカーテンのすきまから差し込んできて、照明が消されて暗かった部屋のなかが少し明るくなりました。その変化に気づいたのでしょうか、久美子さんが毛布のなかから顔を出しました。久美子さんはいつのまにか眠ってしまっていたようです。一瞬目をパチパチさせて（ここはどこ？）というような顔をします。

化粧をしてない素顔の久美子さんはどことなく子供っぽくて、とても主婦歴？年の人妻とは思えません。この正月はご主人と二人でハワイですごしたそうだけど、ぜんぜん日焼けなんかしてなくて、もちろんそれは日焼け止めを塗っていたからだろうけど、とにかく肌はきれいだし、それに自分ではもう三〇すぎのオバサンなんて言ってるけど、黙っていれば女子大生でも通用するのではないかと僕は思います。

ここがどこであるか、そして僕が誰であるかにやっと気づいて、久美子さんはちょっと恥ずかしそうに微笑みます。そして何か言おうとして開きかけたその唇がいとおしくなり、僕はキスをします。キスと言ってもちょっと触れるだけの軽いキスです。久美子さんは一瞬抵抗しようとするけれど、すぐに力を抜いてしまいます。僕が今、それ以上深く追い求めないことを久美子さんは敏感に感じ取ってくれます。もちろん僕にしたって、久美子さんがしてほしいことは大体わかっているつもりです。

そこで僕はちょっとイタズラっ気を起こして、キスをしたまま突然久美子さんの手首を押さえつけ、自由を奪ってしまいます。きっと思いきり抵抗するだろうと期待していたのに、なぜか久美子さんはされるがままにじっとしています。ほんの思いつきでしたことなのに、初めて試みたその体勢から（久美子さんを征服した！）という思いが頭に浮かんできて、僕の体は再び燃え始めます。

僕のキスは熱を帯びながら久美子さんの唇から頬を伝って、首筋へとゆっくり移っていきます。さっき愛し合ったばかりなので、その美しい首筋はまだ少し汗ばんでいます。微かに静脈が透けて見える柔らかいその肌は跡がつきやすく、強く吸ってはいけません。

肩を軽く噛みます。

久美子さんは反応しません。

胸のふくらみをたどって、まだ母乳をにじませたことのないピンク色の乳首を口に含み、舌先で玩びます。それでも久美子さんはぜんぜん反応しません。顔を上げると、久美子さんは穏やかな優しい目で僕をじっと見ています。

僕は急に力が抜けてしまい、攻撃をあきらめて久美子さんの胸に顔をうずめ、体重をあずけてしまいます。年下とは言え、体格だけは立派な僕にまともに乗っかられたら呼吸困難に陥ってしまうはずなのに、久美子さんはそれでもまだ静かにじっとしています。そうなると僕も少し戸惑ってしまい、どうしていいかわからなくなってしまいます。とりあえず押さえつけていた両手を離してやると、久美子さんは無言のまま僕の髪の毛をなで始めます。

今日の久美子さんはちょっと変です。

久美子さんの胸に顔をうずめていると微かに消毒薬の匂いがします。それはなぜかと言うと、久美子さんが僕の部屋へ来るのはいつも二人でプールで泳いだあとだからです。もちろん二人でと言っても仲良くいっしょに泳ぐわけではありません。僕たちは同じスポーツセンターに通ってはいるけど、いつもお互いに他人の振りをしているのです。もちろん、それは周囲の噂好きの奥さんたちの目を誤魔化すためです。僕たちは顔を合わせた時だけ軽く挨拶するだけで、あとはそれぞれ自分の練習に励むのです。

僕と久美子さんは毎週水曜日にスポーツセンターで暗黙の待ち合わせをします。僕も久美子さんも週に何回かそこに通っているのですが、二人が逢えるのは水曜日だけなのです。学生である僕は普段は講義があるので夜になってから行くのですが、久美子さんと逢う水曜日だけは眠い目をこすりながらスポーツセンターが開く午前十時に行くのです。

スポーツセンターに着くと僕は水着に着替えてプールサイドに行き、まず準備運動をします。平日の午前中なので男は僕のほかに数人いるだけで、ほとんど主婦ばかりです。アクビをしながら手足をほぐしていると久美子さんも現れて準備運動を始めます。もちろん久美子さんのほうが先に来ていることもあります。

僕たちが使うフリーのコースは五十分開放したあと、コース整備を兼ねて十分の休憩タイムが入ります。従って昼までいる僕たちは、あいだに十分の休憩をはさんで約二時間泳ぐことになります。僕のメニューはまずクロールで一〇〇〇メートル泳ぐことから始まります。それから同じくクロールで四〇〇、二〇〇、一〇〇と距離を縮めながら、徐々にスピードを上げていきます。あとは休憩まで一〇〇メートルのダッシュを続けます。

休憩時間にはサウナ室へ行って体を休めます。サウナ室は男女いっしょなので久美子さんも休みに来ます。このとき初めて僕たちは挨拶を交わします。もちろん久美子さんだけではなく、他の奥さん達とも挨拶を交わします。

休憩の後はバタフライをやります。バタフライもクロールと同じように一〇〇〇、四〇〇、二〇〇、一〇〇と距離を縮めながらスピードを上げていきます。バタフライはちょっと疲れるので、いつも適当なところで切り上げてしまいます。残った時間はストレッチを兼ねて平泳ぎや背泳ぎをやって体をほぐします。

僕がクロールとバタフライをメインにしているのに対して、久美子さんは平泳ぎと背泳ぎがメインです。平泳ぎと言っても子供がよくやるカエル泳ぎではなく、規則で定められたちゃんとした平泳ぎで、これを久美子さんは僕と同じように一〇〇〇、四〇〇、二〇〇、一〇〇とタイムアップしながら泳ぐのです。

平泳ぎと背泳ぎについて言えば、長距離ならば僕は久美子さんに勝てますが、短距離では負けてしまいます。もちろん久美子さんは平泳ぎや背泳ぎだけではなくクロールやバタフライもちゃんとマスターしています。タイムは別として、どんな泳法でも久美子さんは美しい完璧なフォームで泳ぐことができます。

昼になるとシャワーを浴びて更衣室に戻ります。着替えを済ませた僕はスポーツセンターを出て、車で一五分ほどの所にあるフランス料理のレストランに向かいます。駐車場に愛車のミニを止めて待っていると、まもなく久美子さんの赤いスポーツカーが爆音と共に現れます。

表通りからちょっと入った所にあるそのレストランは久美子さんに教えられて初めて知った所なんだけど、なんでも久美子さんが女子大生だった頃に何度か来たことがある店だそうで、もちろんご主人とはまだ来たことがないそうです。さすがに久美子さんが勧めるだけのことはあって、ちょっと高いけど味のほうは確かです。もっとも高いとは言っても、久美子さんは決して僕に久美子さんの分まで払わせてはくれないので、それほど財布の中身を心配する必要はないのです。と言うのも久美子さんは奢ったり奢られたりするのが嫌いな人で、久美子さんの言うには年下の僕にご馳走するのは僕のためにならないし、僕が久美子さんの分まで払うと僕たちの関係が男と女のくさい関係になってしまうからだそうで、そういった道徳的ケジメを大切にする久美子さんの言い分もわからなくはないけど、僕たちはすでにくさい関係なわけだし、僕だってたまには久美子さんにご馳走して、いい格好をしてみたい気もするのです。

食事を終えた僕たちは、そこからそう遠くない僕のマンションに向かいます。移動には僕のミニを使い、久美子さんのスポーツカーはレストランの駐車場に置いていきます。

僕たちは僕の部屋でつかのま愛し合います。全てを忘れ、宝石のように凝縮された時間を過ごすのです。二人は一瞬で燃えつきてしまいます。

息を整えると僕たちはすぐにシャワーを浴びて、また身仕度を整えます。久美子さんには子供がいないとは言え、主婦としての仕事が待っているのです。僕は久美子さんにお別れのキスをすると、再びミニでレストランの駐車場まで送ります。

次に久美子さんに逢えるのは、また一週間先です。僕はちょっと淋しい気分でさよならを言います。僕は愛車のミニにもたれながら、久美子さんの赤いスポーツカーが爆音と共に走り去るのを見届けます。

　ところで久美子さんは誕生日にご主人にプレゼントしてもらったという、その赤いスポーツカーをとても荒っぽい運転で乗り回します。ときどき信じられないような乱暴な運転をする女性を街で見かけますが、久美子さんはまさにその代表みたいな人です。スポーツセンターからレストランに向かう僕を、反対車線から猛スピードで追い越して行ったりすることなど、しばしばです。そしてせっかちな運転をする割りにはぼんやりしたところがあって、キーをつけたままドアロックしてしまったり、ライトを点けたまま駐車しておいてバッテリーが上がってしまったりなど、しょっちゅう失敗をしています。

　スポーツセンターでバッテリーが上がってしまった時には、僕がミニのバッテリーからコードをつないでエンジンをかけてあげました。それをきっかけにして僕たちは親しくなったのです。もっとも、それ以前から僕は久美子さんの存在を何となく意識していたので、そんな機会を待っていたのでもありました。

「ありがとう、助かったわ」

　そう言って微笑む久美子さんの美しさに僕はウットリしてしまいました。

「だけど、なぜ昼間からライトなんか点けてたんですか?」

僕がたずねると、久美子さんは困ったような顔をしました。

「それがわからないのよ。でもときどきあるの、こういうこと。故障してるのかしら? この車」

そう言って、久美子さんは赤いスポーツカーのタイヤを蹴るのでした。僕は驚いて、久美子さんの顔をじっと見てしまいました。すると久美子さんはすぐに笑いだしました。

「ハハハ、冗談よ」

「!」

「キミ、いつもバタフライやってる子でしょ?」

「そうです」

「大学生?」

「そうです」

「キミのバタフライ、かっこいいわよ。水泳はもう長いの?」

「小学生の時からやってます」

「今度教えて、バタフライ」

「人に教えるほど、うまくないですよ」

「あら冷たいのね。ところでバッテリーつないでくれたお礼だけど、こういう時は普通どんなお礼をするの？」

久美子さんは首をかしげて、僕に微笑みかけました。

「高級レストランで食事をご馳走するのが普通です」

僕がそう言うと、久美子さんは驚いたような顔をしました。

「！」

「ハハハ、冗談ですよ」

「やられたわね」

「お礼のことは気にしないで下さい。あなたのような美人と知り合えただけでも光栄だと思っていますから」

「あら上手ね。今日は急いでいるからダメだけど、でも今度なにかご馳走するわ」

久美子さんはそう言って赤いスポーツカーに乗り込むと、タイヤを鳴らして急発進し、あっと言う間に視界から消え去りました。

僕は久美子さんに一目惚れしてしまいました。マンションの自分の部屋に帰ってからも久美子さんの笑顔が脳裏から消えませんでした。夜になってベッドに入ってからも、翌日大学に行って講義を受けている最中も、ずっと久美子さんのことが頭から離れませんでした。

悶々とした一週間をすごして、水曜日になると僕は浮き浮きしながらスポーツセンターに出かけました。

プールサイドで準備運動をしているとまもなく久美子さんが現れました。目が合うと久美子さんは僕に微笑んでくれました。僕はうれしさのあまり、思わずその場でバック転をしてしまいました。まわりのオバさん達がビックリして僕を見ていました。もちろん僕は監視員に注意されました。

「危ないから止めなさい」

僕は帰りに駐車場で久美子さんを待ち伏せしました。

「お礼の催促?」

久美子さんは驚いた様子もなく言いました。

「違います。お礼はもういいです。そうじゃなくて僕とデートして下さい」

「デート?」

「そうです。いっしょに昼食でもいかがですか?」

「やっぱり催促じゃない」

「違います。デートです」

「あたしにとっては、どっちでも同じよ」

「嫌ですか？」

「まあ仕方がないわね。一応お礼はしなきゃいけないし……」

「だから、お礼じゃなくて」

僕は前の晩にグルメマップで食事をする場所の下調べをしておいたのだけど、久美子さんがいいレストランがあると言うので、そっちへ行くことにしました。

食事をしながら僕は久美子さんに告白しました。

「あの……」

「なによ？」

「実はお願いがあるんですけど……」

久美子さんは眉をひそめました。

「なんか、嫌な予感」

「僕とつき合って下さい」

久美子さんは（やれやれ）という顔をしました。

「あたし結婚してるのよ」

「知ってます」

「知っててつき合えだなんて、一体どういうことよ」

「どういうことって、こういうことです」

僕は笑顔で両手を大きく広げました。

久美子さんは少し怒った顔をしました。

「キミ、自分が何を言ってるのか、わかってるの？」

「わかってます。一週間ずっと考えてたんです」

「ねえキミ、もしかしたら誰にでもそんなこと言ってるんじゃない？」

「とんでもない！　僕、すごく人見知りするんです。女のひとに告白するのだって、ほとんど今日が初めてです」

「人見知りする割りには、よくしゃべるじゃない」

「違うんです。あなただから……あの、久美子さんって呼ばせて下さい。久美子さんだからこうやってしゃべれるんです。なぜだかわからないけど、久美子さんには思ったことが素直に言えるんです。こんなことは初めてです。僕たち、絶対気が合うと思います。だからつき合って下さい！」

僕は知らないうちに興奮していました。

「ちょっと、そんなに大きな声を出さないでよ」

「ごめんなさい。でも僕は久美子さんが好きなんです。だからつき合って下さい」

「そんなこと言ったって困るわよ」

「僕だって困ります」

「困るって、何が困るのよ」

「もう好きになっちゃったから、だから困るんです」

「なによ、それ」

「たまに食事をするくらい、いいじゃないですか！」

「食事だけなの？」

「そうです。とりあえずは」

「とりあえず！」

それから僕たちは毎週水曜日に昼食を共にするようになりました。ただし久美子さんの頼みで僕たちはスポーツセンターでは他人の振りをすることにしました。

僕はすっかり久美子さんに恋してしまいました。いつしか久美子さんと逢うことが僕の生活のなかで最も大切で重要なことになっていました。久美子さんは本当に素敵な女性でした。久美子さんといるとまるで天国にでもいるような幸せな気分になれるのでした。

でも久美子さんは、僕が久美子さんのことを想っているほどには僕のことを想っていないようでした。

「そんなにあたしの顔ばかりじっと見ないでよ。食事が喉を通らないわ」

「ごめんなさい」

「ねえ、キミって、もしかして一人っ子?」

「どうして?」

「どうしてって、なんか頼りないって言うか甘えてるって言うか、そんな感じだから。一人っ子じゃなきゃ、きっと末っ子よ。当たりでしょ?」

「はずれ。ねえ、久美子さんは僕みたいなタイプはあまり好きじゃない?」

「あたしは男らしいほうが好きなのよ」

「じゃあ、そうなるように努力するよ」

「別に努力なんかしなくてもいいわよ」

「冷たいなあ」

久美子さんと昼食を共にするようになってあっと言う間に一ヵ月がすぎました。僕と久美子さんはすっかり仲良しになりました。

ところが年が押し詰まると久美子さんは家のことで忙しくなったのか、スポーツセンターには来なくなってしまいました。年が明けてもぜんぜん姿を見せません。僕は久美子さんと逢えなくて、眠れない夜をいく晩もすごしました。あとから聞くと正月はご主人とハワイですごしたそうです。

「ねえキミ、今日はおとなしいじゃない」

「別に」

「もしかして、すねてるの?」

「別に」

「わかった! あたしと逢えなくて寂しかったんでしょ」

「違うってば!」

それでも久しぶりに逢う久美子さんは相変わらずとても素敵でした。僕はつい久美子さんの顔をじっと見てしまいました。久美子さんも僕をじっと見ていました。やがて久美子さんが優しく言いました。

「ごめんね、逢えなくて」

僕は涙ぐみながらうなづきました。そしていいことを思いつきました。

「それじゃあ久美子さん、責任を取って下さい」

「責任って何よ」

「僕を悲しませた責任です」

「どうすればいいのよ」

「僕の部屋へ行くんです」

「行ってどうすんのよ」

「どうするって……僕たち、そろそろ」

「は？」

久美子さんは怪訝そうな顔をしました。それからお腹を抱えて笑いだしました。

「ハハハ。嫌だ、この子ったら」

「何がおかしいんですか！」

「ねえキミ、あたしと寝たいの？」

僕は少しむっとしました。

「久美子さんって、もっとデリカシーのある人かと思ってたよ」

「がさつな女で悪かったわね」

そう言いながらも久美子さんはなかなか笑うのをやめませんでした。

いつものように割り勘で支払いをして外に出ました。僕のミニと久美子さんのスポーツカーは並んで止めてありました。僕たちは二台の車のあいだに立ちました。

久美子さんが僕のミニを見ながら言いました。

「なんか乗り心地が悪そうね」

「車はね、乗り心地じゃないんだよ」

「そうかしら」

そう言って久美子さんは僕のミニのドアを開けると助手席に座ってしまいました。

僕は驚きました。

「どうしたの？」

「キミの部屋へ行くんでしょ？」

あっけに取られている僕に久美子さんは言いました。

「あたしの車はここに置いて行くわ。だから帰りはここまで送ってね」

思いがけず久美子さんからＯＫが出たので僕の心はすっかり舞い上がってしまいました。

助手席に久美子さんを乗せてレストランから僕のマンションまでどうやって車を走らせたのか、まったく記憶に残っていません。

地下の駐車場に車を止めてエレベーターを待っていると久美子さんが言いました。

「ずいぶん立派なマンションだけど、本当にここで一人暮らしをしてるの？」

「それにはちょっと訳があってね」

実は僕が住んでいるマンションは僕の父が勤めている会社の所有物で、地方から転勤してくる社員のための社宅も兼ねているのです。家族でも住めるように３ＬＤＫの部屋がいくつか確保してあるのですが、ここ数年まったく利用者がありません。そこで大学に合格して一人暮らしをしようとしていた僕に父が職権を乱用して貸し与えてくれたのです。つまり僕が住んでいられるのも次の使用者が決まるまでのあいだなのです。決まり次第、僕は退去しなければなりません。だからすぐに部屋を明け渡せるように家財道具も必要最小限のものしか置いてないのです。

「なるほど、そういうわけだったの。確かにマンションが立派な割りには玄関からして殺風景だわ。下駄箱も置いてないのね」

そう言って久美子さんはブーツを脱ぎ始めるのでした。

僕は久美子さんをダイニングキッチンに案内してテーブルの椅子を勧めました。

「今お茶を入れるから、そこに座って」

ところが久美子さんは僕の言葉には従わずに、あっちこっち物色し始めるのでした。

「あたし、一人暮らしの男の人の部屋って見たことないのよ」

「ご主人は結婚する前、一人暮らしじゃなかったの？」

「親元にいたのよ」

久美子さんはトイレと風呂場をのぞいて好き勝手にいろいろ批評すると、そのまま廊下に出ました。僕はその後をついて歩きます。

「この部屋は？」

「空き部屋」

「そっちは？」

「それも空き部屋」

「見てもいい？」

「いいよ」

久美子さんはドアを開けて、なかをのぞき込みました。

「本当だ。何もないわ」

カーテンもつけていないので床いっぱいに日差しが拡がっています。

「でも、なんかもったいないわね」

「一人だから一部屋あれば十分なんだよ。それに使っていなければ明け渡しも楽だしね」

「ここがキミの部屋？」

「そう」

「入ってもいい？」

「もちろん」

久美子さんはドアを開けて僕の勉強部屋兼寝室に入りました。

「ちゃんと片づいてるじゃない」

「親の躾けがいいからね」

「もっと散らかってるかと思った。もしかして、あたしをたらし込むつもりで掃除しておいたの？」

「たらし込む！」

久美子さんはときどき思いがけない下品な言葉を使います。

「お茶を持ってくるから、ちょっと待ってて」

そう言って、僕は久美子さんに机の椅子を引いてあげました。僕の部屋にはソファーがないのです。久美子さんは今度はおとなしく腰を降ろしました。

「引き出し開けて見てもいい？」

「久美子さんなら、何をしてもいいよ」

僕はダイニングキッチンに行って紅茶を入れました。お盆にのせて部屋に戻ると、久美子さんは引き出しからアルバムを出して見ていました。

「紅茶でいい？」

「ありがと」

久美子さんが見ているのはスキーに行ったときの写真や、海に行ったときの写真なんかがはさんであるミニアルバムでした。写真屋さんにフィルムを出すとサービスでついてくる、あのミニアルバムです。そこにはさんである写真はみんな大学に入ってから撮ったものでした。

「ここはどこ？」

「北海道」

「北海道？」

「そう。夏休みに友達と行ったんだよ」

久美子さんはアルバムのページをめくっていきます。すると大判の写真が一枚、下に落ちました。久美子さんはすぐにそれを拾い上げました。

「これって、もしかして小学校のときの？」

「うん……」

それは小学校の五年のときの遠足の集合写真でした。僕はその写真をアルバムの最後のほうに無造作にはさんでおいたのですが、そのことをうっかり忘れていたために久美子さんに見られてしまい、ちょっと恥ずかしい思いをしました。

「あっキミがいた。ほら一番前でしゃがんでる。キミってこの頃ちっちゃかったんだね」

「面影ある？」

「ぜんぜん変わってない。でも、どうして一枚だけ小学校の写真があるの？　このなかに初恋の子でもいるの？」

僕は一瞬、返事に困ってしまいました。

「それは話すと長くなるから、別の機会にゆっくり話すよ」

久美子さんはさらに引き出しのなかを物色しました。

「あっ！」

久美子さんが喜びの声をあげました。僕はすぐに気づいて手をのばしましたが、一瞬間に合いませんでした。久美子さんが手にしたのは僕の大学の成績表だったのです。

「うわっ、久美子さん。それはだめ」

「なによ。何してもいいって言ったじゃない」

久美子さんは僕の手をかわして成績表を背中に隠そうとします。

「でも、それはだめ」

「いいじゃないの。ちょっと見せなさいよ」

僕は成績表を取り戻そうとして久美子さんの肩に手をかけました。久美子さんは取られまいとして身をよじらせます。

フッと甘い香りが漂いました。

久美子さんの体に触れるのは初めてでした。次の瞬間、僕は体じゅうが熱くなるのを感じました。

僕たちは見つめ合ったまま動けなくなってしまいました。

僕はゆっくりと久美子さんにキスしました。


カーテンのすきまから差し込んでくる日差しが少しずつ長くのびていきます。

僕たちが初めてベッドインしてから、もう一ヵ月がたちます。久美子さんが僕の部屋へ来るのも今日で三回目です。

僕たちは愛し合ったあと裸のままで、もう一時間近くもベッドに寝転がっています。久美子さんは今日は時間に余裕があるのか、まだシャワーも浴びていません。

久美子さんはときどきあくびをします。

「久美子さん、眠いの？」

「少し」

そう言えば久美子さんは、さっきもほんのわずかのあいだだけど居眠りしてしまったのでした。

実を言うと僕も少し寝不足ぎみです。昨日の夜、突然友人が訪ねてきて、朝方まで悩み事の相談の相手をさせられてしまったからです。そのおかげで今朝はスポーツセンターにも遅刻してしまいました。

目が覚めて時計を見た僕は心臓が止まるほど驚きました。慌てて身支度をすると車をとばしてスポーツセンターに向かったのですが、一〇時には間に合いませんでした。

僕は準備運動もそこそこに空いていたコースに飛び込みました。たまたま久美子さんが隣のコースで泳いでいました。僕に気づいた久美子さんはターンを中止して水面から顔を出すと、僕を冷たい目でにらみました。

「一〇分遅刻ね」

すでにコースを数回往復して息をはずませている久美子さんは僕の弁解も聞かず、すぐにまた泳ぎだすのでした。

僕は一瞬落ち込んでしまったけど、なんとか気を取り直して久美子さんを追って壁を蹴りました。もちろん名誉を挽回するには得意のバタフライしかありません。

それから規定の休憩時間までの約四〇分のあいだ、僕はノンストップでバタフライをやり続けました。それはちょっとした自己新記録でもありました。

運動というものはある限界を越えると不意に体が軽くなって苦痛から快感に変わります。それは苦痛に反応して起こる体の自然な作用なのですが、ちょっと言葉では表せないような心地よい快感なのです。僕が長年水泳を続けているのも、その快感が忘れられないからです。

波のように訪れる快感のなかで僕は久美子さんのすぐ横を何度もターンしました。久美子さんは壁にもたれて休んでいましたが、僕のバタフライが巻きおこす大波でバランスをくずし、慌てて手のひらで壁面を押さえるのが水のなかから一瞬見えました。

最初のうちは久美子さんを意識してガンバっていたのですが、やがて何も考えられなくなりました。ただもう水の感触が気持ちよく、そして意識がだんだん遠退いていくのでした。

やっと休憩のホイッスルが鳴り、僕は水から上がりました。サウナ室へ行く気力もなく、僕はそのままプールサイドに座り込みました。

天井の照明が揺れる水面を見ながら僕は肩で呼吸していました。全身から汗が流れ落ちていました。

見ると久美子さんもサウナ室へは行かずに向こう側のプールサイドに座って休んでいました。久美子さんはじっと僕のほうを見ていました。

前半で体力を使い果してしまった僕は後半はのんびりとクロールをやりました。ふと気づくと久美子さんが僕の横に並んで泳いでいました。久美子さんは思いのままにクロールから背泳ぎ、そして平泳ぎへと形を変えて泳いでいました。久美子さんの泳ぎはどれも美しく、まるで魚のようです。

昼になってコースから上がると僕は身仕度をして、ひと足先にいつものレストランに向かいました。駐車場で待っていると、まもなく久美子さんの赤いスポーツカーがやってきました。僕は久美子さんにまず遅刻したことを謝るつもりでした。でも車から降りてきた久美子さんを見たとたん、そのことをすっかり忘れてしまいました。

今日の久美子さんは、いつものジーパンにダウンジャケットというスタイルではありませんでした。パーティーに出かける時にでも着るような鮮やかな白のドレスを着て、その上にさらにドレスよりも真っ白な毛皮のコートを羽織っているのでした。たぶんミンクのコートだと思います。

「なに口を開けて見てんのよ。そんなにあたし決まってる？」

久美子さんはそう言ってポーズをとって見せました。なぜ久美子さんがそんな格好をしているのか僕には理解できなかったけど、とにかくその美しさには言葉が出ませんでした。

「それよりキミは今日、確か遅刻をしたわよね」

「はい、しました」

「そういう時はどうするか知ってる?」

「はい、高級レストランで昼食をご馳走するのです」

久美子さんは腰に両手を当ててうなづきました。

「わかってるじゃない」

店内に入るとボーイもお客もみんな久美子さんに注目しました。僕はこれまでに経験したことのない誇らしい気持ちで久美子さんをエスコートしました。

食事をしながら僕は遅刻した理由を説明しました。

「実はね、ちょっとした事件があったんだよ」

「事件?」

久美子さんは首をかしげました。

「そう。事件」


昨日の夜のことです。

大学の研究レポートを書いていると突然、友人が相談があると言って訪ねて来ました。同じゼミの仲間でもあるその友人に、僕は相談とは何かとたずねました。すると友人は女のことだと言います。

突然の訪問に何となく嫌な予感がした僕は、彼をなかには入れずに玄関先で応対していたのですが、それは正解でした。女に関する友人のだらしない行状をよく知っている僕は、すぐにこの男を追い返すことにしました。（そういう相談なら他を当たってくれ）そう言って僕はドアを閉めようとしました。すると友人はドアの端をつかんで（話だけでも聞いてくれよ）と言います。僕は友人の言葉を無視してノブを引く手に力を入れました。ところが友人は僕よりもさらに強い力で無理矢理ドアをこじ開けて（まあ、ここじゃなんだから）とか言いながら強引に上がり込んでしまったのです。

レポートのほうはほとんど完成しているのをただ手直しししているだけなので、そう急いでいるわけではありませんでした。それはおそらく友人も同じはずで、そうでなければとても女のことなんかで悩んでいるひまはないはずです。だいたい学問というものは日頃の積み重ねが大切なのであって、レポートなんかにしても締切が迫ってあわてて取りかかるようでは困るし、だいいちそんな姿勢ではとてもまともなものは書けないのです。

そんなわけで友人の強引さに押し切られた形で男二人、ダイニングキッチンのテーブルをはさんで向かい合ったのです。僕は女の相談とかいうその内容を改めてたずねました。ところが友人は僕の質問には答えずに周囲を見回して（相変わらず殺風景だな）などと言います。僕がムっとしてにらみつけると友人はフォローのつもりか（でもキレイに片づいてるじゃないか。そこらの女の部屋なんかより、よっぽどキレイだよ）などと言うのでした。僕は男のくせに神経質なところがあって、部屋なんかにしても散らかっていると勉強に集中できない質で、一日に一度は掃除をしないと気が済まないのですが、その潔癖症を指摘されたのがかえって腹立たしく、僕はさらに友人をにらみつけました。

ところがそれでも友人は知らん顔で、壁に掛かっている僕の好きなゴーギャンの複製を眺めて（ほうピカソねえ）などと見当違いなことを言ったりします。こんな時の友人は本当にぶっとばしてやろうかと思うくらい憎たらしく、だいたい考えてみれば僕はこの男のスタイルからして気に入らないのです。

まず髪を伸ばしている。それが最近の流行であることは僕も知らないわけではありませんが、とにかく友人は女みたいに肩まで髪を伸ばしていて、ときおり額に降りかかるのを小指と薬指でフッとかきあげるのです。おそらく毎晩リンスでもしているのでしょう、濡れたように光っているその黒髪は後ろから見たら本当に女と間違えるくらいです。

それにピアス。他のことは許せてもこれだけは我慢できません。医学部の学生をつかまえて穴を開けさせたそうで、ダイヤのついた小さなピアスはお気に入りの一品だそうで、なぜ片方しかしないのかとたずねたら、そこがオシャレなんだそうで、よくわからないけどとにかく（親が泣くぞ！）とだけは言ってやりました。

僕が本気で腹を立て始めたのに気づいたのか、友人はニヤニヤしだしてようやく（実はね）と話しだすのでした。相談の内容は予想に違わず、友人のだらしない女遍歴の一ページに新たな項目を一つ書き加えるだけのような出来事で、要するに僕たちが属する学部の一年生の女の子とできてしまったと言うのです。

そのめぐみという名の女の子には僕も記憶がありました。めぐみは去年の五月に行なわれた新入生歓迎会に出席した女の子たちのなかの一人で、会が終わったあといっしょにカラオケをやり、さらに友人の車で海にドライブまでしたのですから忘れるはずありません。

仮にそんな経緯がなかったとしても、きっとめぐみのことは憶えていただろうと思います。と言うのも、会の始めに順番に行なわれた自己紹介のあと、ずっと彼女のことが気になっていたからです。めぐみはその日集まった女の子のなかでも際立って可愛い娘だったのです。

だから僕もできればそのめぐみと仲良くなりたかったのですが、ご多忙のところをわざわざ出席して下さった僕たちのゼミの先生でもあるK教授の隣に座ってしまったことから、僕はそのお相手をするはめになってしまい、結局彼女と話す機会を一度も得なかったのです。

ところがその一方で友人はと言えば、やたらとめぐみとしゃべりまくり、急加速で打ち解けていく様子で、もちろん僕にすれば少しも面白くないのですが、要領の悪い僕にはそれもよくあることで、それに女の子たちにしても僕より友人のほうがいいらしく、あんな男のどこがいいのかさっぱりわからないのだけど、仮に気に入った娘がいたとしても、どうせ友人に横取りされてしまうのです。

やがて会も終わり、タクシーで帰る教授を全員万歳唱和で見送って、僕も帰るつもりで駅に向かって歩き始めました。すると追いかけてきて声をかける者があります。振り返ると友人で、何の前置きもなしにいきなり、今すぐ某カラオケボックスに来てくれと言うのです。僕の記憶では、そのカラオケボックスはそこから歩いて数分のところにあったはずです。

友人は息を切らしながらそれだけ言うと、僕の返事を待たずにまたもと来たほうへ駆けて行きました。即座に断ればよかったのだけど、僕は普段から瞬間的な決断力に乏しく、また一度頼まれてしまえば無視できない性格で、もちろん友人の行動はそれを計算した上でのことで、結局僕は指定されたカラオケボックスに向かってとぼとぼ歩きだすのでした。

店の前に行くともう友人は待っていて、その後ろには何となく予期はしていたけど、あのめぐみとそれにもう一人女の子がいて、歓迎会にいたのは憶えているのだけど名前は憶えてなくて、仕方なく僕が名乗ると女の子はペコっと頭を下げて（＊＊りえです。さっき自己紹介で言いましたけど）と言うのでした。

（それじゃ行こうか）と友人は言って店内に入るドアを開けました。それから僕に向かって（用事はもう済んだのかい？）と言い、女の子たちにわからないようにウインクをしました。何のことかわからないけど僕は調子を合わせて（まあな）とぶっきらぼうに答えました。すると友人は僕の肩に腕をまわして（来た以上は楽しくやろうな）と言い、空いたほうの手で僕の脇腹にパンチを入れるのでした。

どうやって彼女たちを誘ったのか知らないけど、とにかく友人はこういうことが得意で、部屋に入ってからも率先して飲み物なんかの注文を取り、めぐみなどには堂々とスクリュードライバーなんかを勧めたりしました。ところがめぐみも（わたしを酔っ払わすつもりでしょ）なんて言うもんだから友人も調子に乗って（そうさ、酔わせて君の体を奪う）などと平然と言ってのけます。するとめぐみも負けずに（大丈夫、あたしお酒強いから）と言い返しはするものの、すでにかなり酔っているようだし、体うんぬんの話だってまんざらでもない様子で、友人が流行りの甘ったるい歌を歌いだすと、ウットリして見つめながら手拍子をする始末です。

もちろん僕としては少しも面白くない状況なんだけど、いっしょに盛り上げるよう友人に頼まれた手前、仕方なく僕も手拍子をして順番がくれば歌も歌い、それでいて友人もめぐみも僕の歌なんか少しも聞いてなくて、完全に二人の世界に入ってしまっていて、見るとりえも何となく疎外感を感じているのか、あるいはもともとカラオケが好きでないのか、自分の番がくるたびにドラえもんの歌を無機質な調子で歌い、やがては順番の輪からも外れて、バッグから取り出した理工系の専門書を読み出す始末なのでした。

ところが誰も聞いてないという現実を前にして、僕の体にはかえって不思議な力が湧いてきて、知っている限りの演歌をやけくそじみた歌い方で、思い切り歌いまくりました。そのうちに僕も疲れ果てて、いい加減酔いもまわって、友人とめぐみがデュエットで歌うラブバラードを子守歌に、いつしか眠り込んでしまったのです。

ふと気づくと向かいに座っていたはずのりえが僕のすぐ横にいて、しきりに腕を引っぱり何かたずねていました。寝呆けた頭で僕はぼんやりと彼女を見ました。彼女は先ほどの専門書を開いて僕のほうに突き出していました。酔いのせいか、めぐみほどではないけどりえも妙に可愛く見えます。

なんとか意識を集中して耳を傾けると、りえはFの定理に関する質問をしているのでした。

Fの定理の周辺にはいくつかの問題があって、これらは数学の世界では難問とされていて、これを解決することはノーベル賞に値する偉業なのです。従って彼女の質問に明快に答えることはできないのだけど、解答を得るために必要と思われる情報を、僕は知ってる限り呂律の回らない舌で提示してみせました。熱心にうなづきながら僕を見つめる彼女の瞳は純粋で、熱弁する僕の左脳に逆らって右脳が勝手に（この娘は処女だろうか?）などと考えたりします。

最初のうちはモニターの前の小さな舞台に立って歌っていた友人も、さすがにちょっと疲れてきたのか、ボックスシートに座ったまま歌うようになりました。でも、それもめぐみにとってはむしろ好都合のようで、歌っている友人の肩に頭をもたせかけ、潤んだ目でモニターの画面を見ながらスクリュードライバーをすすり、友人のグラスにも手をのばして（これってお酒なの?）と言いながら口をつけるのでした。

めぐみを酔わすのはもちろん友人のいやらしい目的を達成するための作戦なのですが、友人自身が酔っ払ってしまってはまずいので、自分ではさっきからジンジャエールばかり飲んでいます。そう言えば歓迎会でも勧められた時だけちょっと口をつける程度だったようで、ということは会の始めの頃からすでに友人の作戦は始まっていたのでしょう。とにかく、そんな友人らしい卑怯な作戦もおおよそ成功したようで、友人のジンジャエールを口につけてもめぐみは

（これってジュースみたい）と妙にかん高い声で笑いながら言っただけで、すぐに自分のスクリュードライバーを飲み干し、何杯目かのおかわりを宣言するのでした。

めぐみの異常な飲みっぷりにさすがの友人も不安を感じたのか（もうそれぐらいで止めたほうがいいよ）と言うと、りえも専門書から顔を上げて（そうよ、あんた飲みすぎよ）と言い、りえに言われてむっとしためぐみは可愛い顔に似合わず急に醒めた目でりえを見すえて（あんた誰よ）と言うのでした。

僕はそれまでごく自然にめぐみとりえが友だち同士だと思っていたのだけど、それは僕の勝手な思い込みにすぎなかったと認識すると同時に、そのような綱渡りみたいなやり方で女遊びをする友人の底知れない放蕩ぶりに舌を巻きました。専門書をぱたっと閉じて立ち上がろうとするりえを僕は慌てて押さえつけておいて、めぐみに向かって（みんな君の心配をしてるんだよ。それに君は確かに飲みすぎだよ）と言うとめぐみは口をとがらせて（あたし、いつもこれくらい飲むんです。強いんだから）と言います。

（それはそうかも知れないけど）と認めつつも、この娘は酒乱に違いないと僕は確信し、一方りえの方はと見ると再び本の世界に戻っていて、何でこいつらに振り回されなければならないのだろうといい加減僕も腹が立ってきて（君も勉強のしすぎなんだよ）とりえに言えば、りえは専門書から顔も上げずに（はいはい）と澄ました声で言うのでした。

僕はすっかり呆れてしまい、友人を見ました。すると友人も下降気味のムードを察知したようで（とにかく、もう出よう）と言い、カラオケはお開きになりました。

下降するエレベーターのなかで友人は足元のおぼつかないめぐみを支えつつ、財布から紙幣を数枚取り出して僕につかませ、扉が開くと同時にめぐみを僕に押しつけて、フロントを横切り外に向かって走りだしました。

突然もたれかかってきためぐみはやたらと酒臭く、僕を友人と取り違えているのか、あるいはもう誰でもよくなったのか、僕に抱きついて胸にぴったりと額を寄せてきます。その半分眠っているような表情が何とも言えず愛らしく、柔らかい女の子の感触と共に僕は思わず勃起しそうになってしまいます。

しばらくそうしていたかったのだけど支払いを済まさなければならず、仕方なく僕はめぐみをりえにバトンタッチしました。するとめぐみはマネキン人形のようにりえへもたれかかりながら、夢見るような声で（とっとっとっ、とっても大好きドラえもん）などと歌いだします。するとすかさずりえが（ドラえもんじゃなくてドラえもんでしょ）とメロディーの訂正をするのでした。

外へ出ると同時に目の前に４ＷＤが現れて止まり、友人が顔を出して（乗れよ）と言いました。りえと二人でめぐみを助手席に押し上げ、僕とりえは後部座席に乗り込みました。（さあ、どこへ行こうか）と友人が言うと、眠っているはずのめぐみが突然体を起こして（うみ！）と叫びました。僕は即座に（反対！）と叫び、りえも同調してくれると思って見ると、りえは澄ました顔で（あたしも行きたいな）などと言います。

（それじゃ出発！）と友人は言い、派手にタイヤを鳴らして急発進しました。僕が慌てて（本当に行くのかよ?）と言うと友人は平然として（俺は女の子の味方だ）と言います。それから体をひねって後ろを振り向き、面白くない顔つきの僕の目の前にこぶしを突き出して（行く以上は楽しく行こうな）と言うのでした。さっきも聞いたセリフです。

友人は意味もなくクラクションを鳴らしながら、親に買ってもらった４ＷＤを道路と言わず歩道と言わず走らせます。車をどこに駐車しておいたのか知らないけど、友人があまり酒を飲まなかったのはそのためでもあったようです。もっとも飲んでいてもいなくても友人の運転はいつも乱暴で、やたらと飛ばすわりには運転技術そのものはヘタクソで、しょっちゅうぶつけては親の金で修理しているのです。

何度か周囲の車にぶつかりそうになりながらも、渋滞する夜の街から首都高速に上がって少しは流れるかと思ったら、これがまたどういうわけか下以上に混んでいて、これには眠っている一人を除いてみんなため息で、やがて友人は舌打ちを始めるのでした。

それは友人の人格が変わる前兆で、まもなくいつもの病気が始まりました。すなわち、わずかに進みながらも隣の車の列に少しでもすきまができると強引にそちらに車線変更し、いくらもたたないうちにまたこちらに戻るという具合で、それを何度も繰り返すのです。当然周囲の車にすれば目障りと言うか、いい迷惑なのですが、それでいてその行為によっていくらかでも他車より先へ進むかと言えばそうではなく、むしろさっき隣にいた車が今はもうかなり先に行っているという具合で、こうなるともう何を言っても耳を貸す友人ではなく、ただもう取り憑かれたような顔つきでひたすら隣の車の列に神経を集中し、無意味な車線変更を繰り返すのです。

都心の夜景がゆっくりとすぎていきます。

不意にりえが僕の肩を揺すりました。

「あれって、もしかして東京タワー?」

「そうだよ」

「へえー」

りえはウインドガラスに顔をつけて東京タワーに関心します。

「なんか、すごい綺麗」

「夜はライトアップするんだよ」

その時、友人がまた車線変更しました。りえが慌てて友人に言います。

「先輩、こっちに移っちゃだめだよ。向こう側走ってよ。よく見えないよ」

ところが友人にはりえの声が聞こえないようでした。仕方なく僕が言ってやります。

「おい！　東京タワーが見えないってさ。向こう側走ってやれよ。おい！　聞いてんのか。こら！　もうちょっと音楽小さくしろよ」

りえは子供のように東京タワーを眺め続けます。

「あーあ、修学旅行以来だなあ、東京タワー見るの」

「ねえ君、いったい出身どこ？」

「九州」

「九州？」

「鹿児島」

「へえー」

華奢なりえと鹿児島はどうもイメージがつながりません。

「方言がないね」

「隠してるの」

「喋ってみて」

「……やだ」

「鹿児島弁、喋ってよ」

「恥ずかしいですたい、嫌でごわす！」

「ハハハ、嘘だ」

「でも、これに近いよ」

「ふーん。君、一人暮らし？」

「叔父さんとこに下宿」

「夜遊び、大丈夫なの？」

「たぶん怒られる」

「やばいね」

「やばい」

「ごめんね」

「えっ?」

「遅くなっちゃって」

「……別に」

高速をいくつか乗り継いでやっと順調に流れだしたかと思ったら、眠っていためぐみが突然体を起こして手のひらで口を押さえ、運転している友人の肩を叩くのでした。友人はすぐに4WDを左に寄せて路側帯に停止させました。

めぐみはドアを開けて外に出ると同時にその場にしゃがみ込みました。友人と僕とりえも車から降りました。僕たちは交互に背中をさすったり(大丈夫?)とか声をかけたりしましたが、めぐみはただ弱々しく首を振るだけで、周期的に訪れる嘔吐の波に合わせて肩を震わせるのでした。見るとめぐみの吐瀉物は胃液のような粘液だけで、固形物はまったく混入していません。そう言えばこの娘は飲むだけで、ぜんぜん食べていなかったなと僕は思いました。

「帰る?」

友人が心配してたずねると、めぐみはやっと小さな声で(大丈夫)と答えました。それでもめぐみはずっとしゃがんだままで、しばらくは立ち上がりそうな気配もないので、介抱は友人に任せて、僕とりえはコンクリートの防護壁の縁に手をかけて見るともなく周囲の景色を眺めました。

高速道路の下には市街地が広がっていて、まだそれほど遅い時間でもないのにすでに消灯している家も多く、どことなく寂しい感じでした。住宅が密集するなかになぜか一軒だけラブホテルがあって、赤と青のネオンサインが交互に明滅しています。

「ここって、どこ?」

りえが僕にたずねます。

「神奈川県。知ってる?」

「知ってるよ。神奈川県厚木市とか」

「うん。それから?」

「うーん、横浜市」

「ピンポーン、ここが横浜市。それから?」

「えーと、うーんと、八王子市!」

「ブーッ、残念でした。八王子は東京都」

「なーんだ、そっか」

そう言って、りえは大きなあくびをしました。それから僕を見ました。

「ねえ」

「何？」

「先輩、演歌好きなんですか？」

「なんで？」

「さっき、演歌ばっかり歌ってたから」

「まあ嫌いじゃないけど、でも新しいのだって少しは知ってるよ」

「そうなんですか？」

「そう。でも取りあえず今日は演歌歌いたい気分だったんだよ」

「そうなんですか」

「そう。でも君だって相当あれが好きらしいじゃない」

「あれって、もしかしてドラえもんのことですか？」

「そう。ねえ、鹿児島ってカラオケボックスとかないの？」

「あーっ、失礼な！　どういう意味ですかそれ。ありますよ、カラオケボックスくらい。私うるさい所あんまり好きじゃないんです」

「あっそう。ねえ、もしかして怒った?」

「怒った。鹿児島馬鹿にしてるでしょ」

「してない、してない。ごめん」

それでも、りえは振り上げたこぶしで僕の胸を叩くのでした。僕はうめき声を出しながら、胸をおさえて地面に膝をつきました。もちろん演技です。

「先輩は東京なんですか?」

「そう。武蔵野市」

「親といっしょなんですね」

「ちがう、一人暮らし。親は千葉」

「へえー、リッチですね」

「こんど遊び来る?」

「絶対行かない」

「ハハハ」

「ハハハ」

クラクションの音に振り向くと、いつのまにか友人もめぐみも車に乗り込んでいて、めぐみなどはまだいくらか蒼い顔をしているものの、何のつもりか（バイバーイ）などと言いながら手を振っていて、僕とりえは慌てて車に戻り（みんな、あんたを待ってたんだからね）とりえが怒れば（でも回復したんだからよかったじゃないか）と友人がフォローするのでした。

いつのまにか高速道路が終わって車は暗い街なかを進んでいました。前方に明るく光るものが見えてきて、それはセブンイレブンの看板で、友人の提案で買物をすることになりました。

海へ行く通り道なので、夏ならば深夜でも混んでいる店なのですが、まだ五月なので他に客もなく、広い駐車場には一台も車が見えませんでした。

ひとり車のなかで待っていると言うめぐみにりえがたずねました。

「何か、ほしい物ある？」

「うーん、ジュース」

「何のジュース？」

「りんご」

「りんごね」

「ごめん、やっぱりグレープフルーツ」

「グレープフルーツね。あとは？」

「あとはいい」

明るい店内には場所柄か、浮き輪やクーラーボックスが置いてあったり、天井から空気で膨らませたクジラやイルカが吊してあったりしました。

他に客がいないのをいいことに、りえは商品棚のあいだを小学生のように歩き回り始めました。僕は何となくりえの後をついて歩くのだけど、りえは僕から逃げるようにだんだん歩く速度を上げていきます。りえは決して走っているわけではないのに、不思議な早歩きで次第に僕から遠ざかっていくのでした。僕は距離を縮めるために先を見越して商品棚を一つ飛ばして曲がりました。すると向こうから現れたりえはすぐさまUターンしてしまいます。さらに左に曲がると見せかけて右に曲がったりと、僕とりえは次第に鬼ごっこの状態になっていきました。それでいてりえは追われながらも要所要所で棚から菓子などを素早く選び取って買物を続行するのでした。

店員も呆れて見ているなか、友人が怒鳴りました。

「お前たち、何やってんだよ！」

「りえが逃げるからだよ」

「だって先輩が追いかけてくるんだもん」

「あのさあ、りえ。めぐみちゃんに何か頼まれてんじゃないの?」

僕はりえのおでこを指で突きました。ところが、りえはわざとらしく首をかしげるのでした。

「えーと、何だっけ?」

「コーラだろ」

僕もすぐに調子を合わせます。

「トマトジュースじゃなかった?」

「いや、牛乳だ」

「プリンよ」

「ねえ。それって、もう飲み物じゃないよ」

結局りえはサラダプリッツとポロ(真ん中に穴が開いていてピーピー鳴るキャンデー)それとめぐみに頼まれたグレープフルーツジュースを買い、僕はクールミントガムとウーロン茶を買いました。友人はハンバーガーとエビアンを買い、それとは別にもう一つ袋を持っているので(それ何?)とたずねると(じゃーん)と言ってなかを開いて見せ、そこにある大量の花火に僕とりえは驚きました。

「すげえ」

「すごーい」

きっと僕たちが鬼ごっこをしているあいだに買ったのでしょう。

「ありがと」

ジュースを渡されると、めぐみはりえに礼を言い、財布からお金を出そうとしました。でも、りえはそれを押しとどめました。

「いいよ。奢ってあげるよ」

僕たちは再び出発しました。

めぐみはだいぶ気分がよくなったらしく、ジュースを飲みながら、しばらくのあいだは窓の外を眺めていましたが、やがてまた眠ってしまいました。

友人はハンバーガーを食いながら片手で運転していました。その食い方があまりにも美味そうだったので、僕は何となくケチをつけたくなりました。

「それって、うまいの？」

「おまえ知らないの？　セブンイレブンのハンバーガーは最高なんだぜ」

「そうかい？」

「ああ。でも、おまえにはわからないだろうな」

「いや。何となくわかるような気もするよ」

友人はハンバーガーを食べ終わると包装紙を窓から投げ捨てました。それから運転したまま片手で器用にミネラル水のキャップを取り、やはり美味そうに飲み始めるのでした。友人の水好きは有名なので、もう口は出しませんでした。カラオケではジンジャエールを飲んでいたけど、あれはかなり珍しいことなのです。

後部座席の僕とりえは菓子の交換を始めました。ちょっとした遠足気分でした。

「これ、あげる」

りえがポロを一粒僕にくれました。僕はそれを口に入れると、りえのまねをしてピーピー鳴らしました。

「僕はガムをあげるよ」

「ありがと。ガム好きなの？」

「そうでもないけど、でもエチケットだからね」

「エチケット？」

「そう、エチケット。人生には何が起きるかわからないからね。わかる？」

「なに言ってるんですか？」

4WDは静かな街並が続く暗い道路を疾走していました。窓のすきまから入ってくる夜気のなかに、微かに潮の香りが混じり始めたような気がしました。

やがて車は信号待ちで停車し、友人が振り向いて（着いたよ）と言うので前を見ると、道は丁字路の突き当たりで、防波堤の向こうは黒い海でした。

りえが後ろから手をのばして助手席で眠っているめぐみの肩を揺すりました。

「海だよ」

「どっちに曲がる？」

友人が寝呆けまなこのめぐみにたずねました。するとめぐみはグレープフルーツジュースをずずっと一口飲んで答えました。

「みぎー」

友人はタイヤを鳴らしてアクセルを踏み込むと、ハンドルを右に切りました。遠心力で僕とりえはぶつかりました。めぐみも窓に頭をぶつけたらしく、ごつんと音がしました。

「いたーい」

海岸道路に出ると友人はアクセルを踏み込み、スピードが乗ったところで手元の集中スイッチで全ての窓を全開にしました。一瞬にして車内に潮の香りを含んだ強い風が巻き起こりました。

「わーい。海だ、海だ」

りえがサラダプリッツを片手に小学生のように喜びます。

「鹿児島だって海あるでしょ？　もっときれいな海が」

僕は九州の地図を思い浮べながら呆れてりえを見ました。

「でも、うちは山のほうだから」

「山のほう？　たて穴式住居とか？」

「まだ言うか」

「いてて」

りえはつねるとき加減しません。

「先輩が悪いんだからね」

道はゆるくカーブしていて、左が海で右側には深夜営業のレストランやラブホテルが並んでいました。まだ五月なので窓を全開にして走るのはちょっと寒い感じでした。

海岸を散歩しようということになり、車を道端に止めてみんなで外に出ました。松林のなかを歩いて行くと、どこからともなく奇妙な動物の鳴き声が聞こえてきました。

「あれ何?」

りえが怯えたように言いました。

「アシカ。近くに水族館があるんだよ。あう、あう」

「アシカ?」

「あう」

「なーんだ。でも夜中に聞くと気味が悪いね」

「そんなことないよ」

突然、まえを歩いているめぐみが振り返りました。

「アシカ可愛いんだよ。あたし握手したことあるんだから」

「誰と?」

「だーかーらー」

「ぬるぬるしてなかった?」

「ぜーんぜん」

「どんな感じ?」

「すごく柔らかいの。優しくて、でも冷たいの」

「イルカみたいな感じ？」

「そうそう」

波打ち際に出ると足を濡らさないように気をつけながら、しばらく四人で波と戯れました。やがて僕たちは自然に二組のカップルに分かれて海岸線を歩きだしました。

僕とりえの五メートルくらい先を友人とめぐみが並んで歩いています。波の音で二人の会話は聞こえないけれど、おそらく友人は得意の下品な冗談を連発しているのでしょう、ときどきめぐみが歩みを止めて、お腹を抱えて笑いこけています。

友人はめぐみが笑うたびに、笑いにまぎれてめぐみの肩に手をまわします。めぐみはしばらくのあいだはされるがままにしていますが、やがて友人の腕をほどいてしまいます。すると友人はすぐにまた次の冗談を言ってめぐみを笑わせ、そして笑いにまぎれて再び肩に手をまわします。めぐみはさっきと同じようにしばらくするとまた腕をほどいてしまいます。

何度か繰り返されるうちに腕をほどくまでの時間がだんだん長くなり、やがて抵抗するのが面倒臭くなったのか、あるいは友人を受け入れたのか、とうとうめぐみは腕をほどくのを止めてしまいました。

「あのひと、手が早いね」

りえが言いました。

「僕たちもやろうか？」

「ハハハ」

「ああいう手の早い奴、どう思う？」

「嫌いじゃないよ。あのひとカッコいいし」

「あれが？」

「うん。センスもいいし」

「あれが？」

「うん。頭よさそうだし」

「あれが！」

「ねえ、もしかして妬いてんの？」

「別に！」

「怒った、怒った」

りえは笑いながら僕の顔をのぞき込みました。

「でもね、あいつ変態なんだぜ」

「嘘！」

「本当」

「どんな？」

「とても口じゃ言えないね」

「やっぱり嘘だ！」

「ハハハ」

「本当は先輩のほうが変態だったりして」

「実はねって、あのね」

友人は左手でめぐみの肩を抱き、右手で花火の入ったコンビニ袋を振り回しながら歩いています。

「そろそろ花火やろうぜ」

波の音に掻き消されないように僕は大声で友人に呼びかけました。

「おーし、やろうか」

友人が立ち止まりました。そして僕にたずねました。

「おまえライター持ってる？」

「持ってないよ。持ってこなかったの?」

「持ってるよ」

「じゃあ、聞くなよ」

袋から花火を一つ取り出して友人は火をつけようとしました。しかし風があるのでなかなかつきませんでした。そこで皆でしゃがんで囲いを作りました。ライターをつけるたびに皆の顔がぼーっと闇に浮かび上がります。

「いたーい。先輩、おでこぶつけないでよ」

「よろけたんだよ。いてて、やり返すなよ」

やがてしゅるしゅると導火線に火がつき、反射的にみんな飛びのきました。

「それ、何の花火だよ?」

「ロケット」

「ロケット? じゃあ地面に固定しなきゃだめだよ。わー、みんな逃げろ!」

「きゃー」

「きゃー」

女の子たちは恐怖のために頭をかかえて、その場にしゃがみ込んでしまいました。まもなくしゅーっと風を切る音がして、遠くでパンと鳴りました。

「よーし、もう一回いくぞ。スリルがあって面白いな。どこへ飛んで行くかわからないからな」

「やだー」

「もう帰るー」

友人は次々にロケットに点火してはそこいらに放り投げました。しゃがみ込んでいた女の子たちも真剣に身の危険を感じたのか、友人が点火するわずかのあいだを縫って、手に手を取って少しずつ遠くへ逃げ、今はもうかなり離れた所まで避難してこちらの様子をうかがっています。

いったい友人はいくつロケットを買い込んだのか、最後のほうでは数個まとめて点火するようになり、そのうちの一つは僕の足に命中してごく至近距離で炸裂しました。

やがて全て点火しつくした友人は女の子たちに呼びかけました。

「おーい、もうロケットおしまい」

「嘘！」

「本当だってば」

「本当に？」

「本当」

めぐみとりえが恐る恐る近づいてきました。

「一発、足に命中したんだぞ」

僕は友人に苦情を言いました。

「こっちは二発、食らったよ」

友人は平然として答えます。

「慌てて逃げたから靴んなかに砂が入っちゃったわよ」

めぐみとりえはスニーカーを片方ずつ脱いで、逆さまにして砂を出しました。

「普通の花火はないの？」

「あるよ。あとは全部普通のやつ」

友人は袋を開いてなかを見せました。女の子たちはのぞき込んで安心すると、袋のなかに手を入れて一つずつ取り出しました。

「普通のをやろう、普通のを」

友人は自分の花火に点火すると、その火をみんなの花火に移してやりました。

みんな花火を手に持ったまま、再び歩き始めました。火が消えるとまた袋から取り出して、誰かに火を移してもらいました。

りえが歌を歌いながら花火を持った腕をゆっくりと回します。

「とっとっとっ、とっても大好き、ドラえもん」

りえの振り回す花火が光の輪となってまぶたに残像を残します。強い光に目が眩んで周囲の闇が一瞬濃くなります。

すぐそばで黒い海がうねっています。海岸道路の照明やレストランの明かりが遠くで揺れています。

波打ち際はゆるくカーブしながらどこまでも続いています。僕たちは花火を終えてしまってもまだ歩き続けました。

足元に注意するといろんな物が落ちていました。空缶、空きビン、菓子の包装紙、発泡スチロールの破片、貝殻、魚の死骸、流木、海藻、中身の不明なビニール袋、などなど。

「ねえ、りえ」

「なに?」

「りえって、つき合ってる奴とかいるの?」

「……いないよ」

うつむいて歩いているのでりえの顔はよく見えません。

僕はりえの前にまわって肩に両手を置きました。

「キスしよう」

りえの肩越しに江ノ島の明かりが見えます。

りえは驚いたような顔をしました。

それから真面目な顔になりました。

「先輩、ふざけてるんですか?」

「ふざけてないよ」

「でも、遊びなんでしょ?」

「遊びじゃないよ」

「本当に?」

「本当」

りえは僕の顔をじっと見ました。

「遊びじゃないなら、いいよ」

りえは目を閉じました。

僕はキスをしました。

波の音が遠ざかっていき、またゆっくりと戻ってきました。

りえのキスはクールミントガムの味がしました。

僕たちはまた歩きだしました。

気がつくと友人とめぐみの姿が見えなくなっていました。


「へえー、うまいことやったじゃない」

久美子さんがそう言いながら、人差し指を僕の鼻先に突きつけました。

レストランはさっきまで混んでいたのに、今はもうほとんどの客が帰ってしまって、すでにガラガラでした。僕たちはすっかり長居しているのでした。

「でもキミって、本当に人見知りなの？」

「本当。僕が普通にしゃべれるのはりえと久美子さんだけだよ」

「いやらしい。だんだん増えていくじゃないの」

そう言って、久美子さんは僕の顔を軽蔑の眼差しで見ました。

「ところで、その話のどこが事件なのよ。さっき、キミは事件があったんだって言ったわよね」

「事件はこのあと始まるんだよ。今のは前置き」

「ずいぶん長い前置きね」

昨夜相談があると言って突然たずねてきた友人は、さんざんもったいぶった末に、相談とはめぐみのことだと言うのでした。

僕と友人は同じ学科なので大学に行けば必ずと言っていいほど顔を合わせます。よくいっしょに昼を食べたりもします。でも特別に仲がいいというわけではありません。いっしょに昼を食べてもあまり会話はしません。もともと僕は交際範囲が非常にせまく、大学でも話をするのは友人くらいなものなのです。友人との関係にしても最初に話しかけてきたのは向こうからなのです。こんな内気な僕をなぜ友人が遊びに誘うのかはわかりません。でも、少なくとも僕がいざという時の都合のいい員数あわせであることだけは確かなようです。

昨日だっていっしょに昼を食べたのに、なぜその時に友人は話さなかったのだろうと僕は少し不思議に思いましたが、きっとそれだけ真剣な内容の相談なのだろうと解釈することにしました。

「それで、めぐみがどうしたんだよ」

僕はたずねました。

「あれから、めぐみとはいろいろあってね」

そう言って友人は遠くを見るような目をしました。それから思い出したように僕を見ました。

「ところで、おまえのほうはどうなったんだよ。あの娘なんて言ったっけ?」

「りえ」

「そうそう、りえ」

「別にどうもしないよ。普通につき合ってるよ」

「普通にね」

友人は何を納得したのか、何度もうなずきました。

実は久美子さんとつき合い始めてから、僕はりえとあまり会っていませんでした。でもそれを説明するのは面倒だったし、その必要もないと思ったので適当に省略したのです。

「俺もあれからめぐみとつき合い始めたんだけどね」

友人はやっと本題に入りました。

「俺たちは大学の講義のない日とか、講義の終わった後なんかに待ち合わせて逢ってたんだよ。

めぐみは一年だから俺やおまえが通っている都内の校舎とは別の、郊外の新しくできた校舎のほうに通っているだろ。だから同じ大学の学生といっても普段はぜんぜん会わないわけだよ。おまえとりえちゃんにしたってそうだよな?」

「何回か逢ったあとで俺たちは深い関係になったんだけど、めぐみはアパートの一人暮らしで朝帰りもOKだったから、毎晩のようにいろんな所へ遊びに行ったよ。実家が東京だって言ってたはずなのに、なぜ一人暮らしなんかしているのか聞いたこともあったけど、めぐみははっきりとは答えなかったよ。でもそのおかげで門限の心配もしないで済むんだから、俺も深く追求はしなかったよ。考えてみれば、おまえだって実家が近いのにこんなマンションで贅沢な一人暮らしをしてるわけだからな。

ある晩、いつものようにめぐみをアパートの前まで送っていったんだよ。俺は車でデートした時には必ずアパートまで送っていたからね。それで何となくめぐみの部屋が見たくなって、上がらせてくれって言ったんだよ。そしたらめぐみのやつ急に慌てだして、絶対にだめって言うんだよ。その慌て振りが普通じゃないから俺もムキになってね。部屋を見せるまでは帰らないって言ったわけ。当然、俺は男がいるんじゃないかと疑ったよ。でも、いるならいるで別にかまわなかったんだ。実を言うと俺だってめぐみの他に五、六人つき合ってる娘がいたからね。

とにかくめぐみは俺にヤラせてくれるわけだし、俺はそれだけで満足だったんだよ。はっきりと遊びだって意識してたわけじゃなかったけど、将来的なことまで視野に入れて考えると、めぐみって少し性格的に変わったところがあったから、男がいたとしても別れろなんて言うつもりはなかったよ。

俺はそれとなく男がいるんだろうって聞いてみたよ。ところがめぐみはいないって言うんだ。俺は怒らないから素直に言えって言ったよ。それでもめぐみは首を振る。そうやって問答しているうちに、めぐみはとうとう泣きだしちゃってね。それでも追求すると、あたし男なんかいないもん！　なんて大声で叫ぶんだよ。静かな夜の住宅街に響き渡るような大声でね。

俺は近所の人が起きだすんじゃないかってあせったよ。とりあえず追求するのはもう止めにして、興奮しているめぐみをなだめることにしたよ。めぐみの頭を撫でながら俺はつくづく不思議に思ったよ。そこまでして部屋に入れるのを拒絶する理由は何だろう？　ってね。

やっとめぐみが泣き止んだんで、俺は優しくどうして入れてくれないの？　ってもう一度聞いてみたよ。するとめぐみはなんて言ったと思う？　ポツンと小さな声で、散らかってるからって言うんだよ。

俺はすっかり拍子抜けしたよ。もちろんそんないいわけじゃ納得できないよね。でも、もう追求するのはやめることにしたよ。めぐみが嫌がっていることを無理にしたって、何の得にもならないからね。

結局、俺は釈然としない気持ちでその夜めぐみと別れたわけさ。

ところが次のデートでめぐみは逢うなり、今日はあたしの部屋でいっしょに夕ご飯を食べようって言うのさ。もちろん俺は変だなと思ったよ。だって、この前あんなことがあったばかりだろ。めぐみの提案はいかにも俺の不信感を打ち消すためのもののようじゃないか。ところが当のめぐみはぜんぜん不自然さを感じてないらしく、もう材料も買ってあるからって言うんだよ。

もちろん俺はめぐみの提案をよろこんで受け入れたよ。理由はどうあれ、めぐみが俺のために夕食を作ってくれるというのはうれしかったし、それにやっぱりめぐみの部屋を見てみたいという気持ちは変わっていなかったからね。

初めて入っためぐみの部屋はごく普通の女の子の部屋で、何も変わったところはなかったよ。なぜあの時あんなに拒絶したのか不思議なくらいだったよ。

台所でお茶を入れるめぐみの後ろ姿を眺めながら（でも何かが違っているはずだ）そう俺は思ったよ。つまり、いま俺が見ている部屋は先週のままではないということさ。もし何も変わってないのなら、あの時あんなに拒絶する必要はなかったわけだからね。

それで俺はつい刑事みたいに部屋のなかを見回してしまったのさ。だけどどんなに注意深く観察しても何か変化があったような形跡はないんだよ。その代わりにあることに気がついたんだ。つまり机がないのさ。

それって大したことじゃないようだけど、よく考えてみれば変だろ？　だって俺たち学生にとって机は勉強するために必要不可欠な物じゃないか。もちろん机がなくても勉強はできるよ。めぐみの部屋にはちゃぶ台があったから、それで代用しているんだと言えばそれまでさ。でも机がないのに衣装だんすはあるんだぜ。そして食器棚はあるけど本棚がないんだよ。つまりめぐみの部屋はごく普通の女の子の部屋ではあるけど、女子大生の部屋としては決して普通じゃないんだよ。

お茶を運んできためぐみはすぐに気づいたよ。俺が不審そうに部屋のなかを見回していることにね。するとめぐみは言ったよ。わかった？　って。俺はああって答えた。そしてどういうことなんだって聞いたよ。そしたらめぐみは白状したよ。

なんと、めぐみはうちの大学の学生じゃなかったんだよ。大学生というのは真っ赤な嘘で、本当は高校さえもちゃんと卒業してなくて、実は中退なんだって言うんだ。俺は驚いたよ。それじゃ、なぜ新入生歓迎会なんかに出てたのかって聞いたよ。そしたら友達といっしょに面白半分に出てみただけだって言うのさ。友達って、あのいっしょにカラオケやった女の子かってめぐみに聞いたよ。もちろんりえちゃんのことだよ。そしたら違うって言うのさ。歓迎会の途中からめぐみは俺と仲良くなっちゃったもんだから、その友達とはそのまま別れちゃったって言うんだ。それからあとはおまえも知ってるように、カラオケをやって海に行ってさ。そして波打ち際を歩きながら、俺はめぐみにつき合ってくれって言ったんだけど、そしたらめぐみはあっさりいいよって答えたのさ。

それから俺たちはつき合い始めたんだけど、めぐみが大学生かどうか疑ったことなんて一度もなかったよ。と言うのも、その頃はまだ俺にとってはめぐみなんて大勢のガールフレンドのなかの一人にしかすぎなかったからね。だから、そんなにこまかいことまで観察してなかったんだよ。まえにも言ったけど、ヤラせてくれればあとのことはどうでもよかったんだ。

でも、いざめぐみから本当は大学生じゃないって告白されてみれば、確かに思い当るフシもあったよ。例えば、めぐみはデートの途中で話が勉強のことになると、いつも急におとなしくなっちゃうんだ。勉強の話なんかする俺も野暮かもしれないけど、だからといってあからさまにつまらなそうな顔をすることはないだろ？　それで俺が少しムキになって強引に話を続けると、めぐみは俺をさえぎって言うんだよ。もう勉強の話はやめようよって。それも普段は見せない妙にきっぱりした口調でね。

それだけならめぐみは勉強の話なんかでムードをこわしたくないんだなって納得できなくはないけど、その他にもなんて言うか会話の端々から、この娘はうちの大学の学生にしちゃ知性に欠けてるなって言うか、はっきり言ってバカだなって思うことがときどきあったんだよ。

でも、その理由もはっきりしたわけさ。大学生じゃないめぐみが専門的な話についてこれないのも当然のことだし、また興味が持てないのも仕方のないことだからね。

『あたしのこと嫌いになった?』

めぐみが俺に言ったよ。

『いいや』

そう俺は答えたよ。

『だってあたし、ずっと嘘ついてたんだよ』

『でも正直に言ってくれたんだから、もういいよ』

『本当に許してくれる?』

『許すよ』

『これからもつき合ってくれる?』

『もちろん』

そしたら、めぐみは思い切り俺に抱きついてきたよ。

その夜、めぐみが作ってくれたのはすきやきだったよ。俺のためにビールまで用意してくれてね。

早いもんでめぐみとつき合い始めて、もう四ヵ月近く経っていたよ。夏がすぎて季節はすっかり秋になっていて、開け放った窓からは涼しい風が吹いてきてね。

エプロンをつけて甲斐甲斐しく働くめぐみを見ているうちに、こういうのも悪くないなって俺は思ったよ。俺ってさ、自分で言うのもなんだけど遊び人だろ。だから結婚なんて考えたこともなかったけど、めぐみを見ているうちに真剣にこんな生活も悪くないなって思ったんだよ。

とにかく、その夜の俺たちはまるで新婚の夫婦みたいな気分だったのさ。

めぐみがいつまでも俺のためにすきやきを取り分けてくれたり、ビールを注いでくれたりで、自分ではぜんぜん箸もつけないから、俺は言ってやったよ。おまえも食べろよ、ビールも飲めよってね。そしたらめぐみは、うんてうなづいてやっと箸を持ったんだ。

夕食が終わってお茶を飲みながら、俺はめぐみに聞いたよ。おまえはさっき、本当は学生じゃないって言ったけど、それじゃ何してるんだってね。そしたらめぐみは働いてるって答えたよ。何の仕事だって聞いたら、めぐみはうつむいてしまって、あまり言いたくなさそうだったから、俺も追求はしなかったよ。やがてめぐみは顔を上げて言ったよ。

『でも、あたしも大学に行きたかったな。あたし頭よくないし、悪いこともしてたから高校もクビんなっちゃったんだけどね。でも勉強は決して嫌いじゃなかったよ。古典の授業で源氏物語ってあったでしょ。あれすごく好きだったんだ。そういうの勉強したかったらどこの大学に入ればいいのかな。やっぱり文学部だよね。へえー国文科って言うんだ。少女漫画でもあるんだよ。源氏物語を題材にしてるやつ。あたし何度も読み返したんだから』

そう言って、めぐみは源氏物語のことを切々と語りだしたんだ。

俺も高校で少しは勉強していたから、めぐみが話すストーリーには何となく憶えがあったけど、さすがに好きなだけあって、なんて言うか表現がロマンチックなんだよ。源氏物語っていうと、理系の俺にとってはただ退屈なだけで授業中の居眠りを誘う子守歌のようなものでしかなかったのに、めぐみが話すと活き活きとした物語になるんだよ。なんて言うか、登場人物の切ない想いが痛いほど伝わってくるんだ。

それで俺はめぐみの話をうんうんって、いつまでも飽きずに聞いていたのさ。

その晩はめぐみの部屋に泊まったよ。

めぐみが風呂を沸かしてくれたんで、風呂に入ってね。それから時間をかけてめぐみを抱いたよ。

夜も遅くなって、もう寝ようということになって、めぐみに腕枕をしてやって目を閉じるとね、虫の音が聞こえてくるんだ。めぐみのアパートは郊外にあって窓の外は原っぱだったから、夜になるとたくさんの虫が鳴きだすのさ。

俺はなかなか寝つけなかったけど、めぐみはすぐに寝ちゃったよ。子供みたいな安らかな寝顔でね。俺は虫の音を聞きながら、いつまでもめぐみの寝顔を見ていたよ」

「それからしばらくして、俺は女関係を整理したよ。めぐみへの義理立てということもあったけど、他の娘と会うのが面倒臭くなっちゃったんだ。会っていても頭のなかに浮かぶのはめぐみのことばかりなんだよ。要するにめぐみのことが本気で好きになっちゃったわけだね。

ところである作家の小説にこんなのがあるんだ。あるプレイボーイが自分の乱れた生活を反省して、つき合っている女たちと別れる決心をしてね。ところが一人一人と別れるのが面倒なもんだから、高級ホテルの一室にみんなを集めてお別れパーティーをやったのさ。

知らずに集まった女たちは、最初は驚いたり呆れたり怒ったりしていたけど、そのうちに意気投合してその男の批判を始めたんだ。やがて話が煮詰まって、こんなふざけた奴はみんなで懲らしめてやろうということになったんだけど、その時にはもう男が逃げ出してしまった後だったんだ。

俺はさすがにパーティーまではやらなかったけど、その男がこっそり部屋から抜け出す時に感じたはずの、してやったりの気分だけは同じように味わったよ。ちょっと寂しかったのは、俺が別れ話を持ち出しても、泣いたりすがったりする娘が一人もいなかったことだね。結局こっちが遊びだったように向こうも遊びだったんだね。

ハタから見ると意外に思うかもしれないけど、俺は中途半端が嫌いなんだよ。だからそれまでは、ひたすらつき合っている娘の数を増やすことに熱中していたけど、今度はめぐみとの愛を追求するほうに全力を尽くすことにしたんだ。まあ、どっちにしても俺は女なしじゃいられないわけだけどね。

部屋に泊まった夜からめぐみはすっかり変わっちまったよ。急にしおらしくなってね。なんて言うかな、とにかく律気なんだよ。デートの時も自分からは何も要求しないんだ。どこへ行きたい？　って聞いても、どこでもいいって言うだけ。

あんまりおとなしいから、ある時イジワルして、どこでもいいならもう帰ろうって言ったんだ。そしたらすぐに泣きだしてね。帰りたくなかったら、どこへ行きたいかちゃんと言えって俺は言ったよ。それからやっと、また以前のように遊園地に行きたいとか映画を見たいとか言うようになったのさ。

歓迎会で初めて知り合って、カラオケをやったあと、いきなり海に行きたいなんて言ってたのがまるで嘘のようだよ。つき合い始めてからだって会うたびに朝帰りで、それこそ整理して別れた娘たちみたいに、あっち行きたい、こっち行きたい、あれ食べたい、これ買って、なんて言ってわがまま放題だったんだぜ。まったく同じめぐみとは思えないよ。本当に女って変わるもんだよな。

とにかく俺は言ったよ。俺には遠慮するなってね。そしたらめぐみはうんてうなづいたよ。だから俺も宣言したよ。これからは俺も遠慮しないってね。そして言葉どおり俺は本能のおもむくままに行動したよ。それこそいろんなことをめぐみに求めたよ。けれどもめぐみもしっかりとそれに答えてくれたよ。

俺たちの結びつきは一気に深まったよ。何も言わなくても相手の考えていることがわかるんだ。いつしか俺たちのあいだには言葉なんて必要じゃなくなっていたよ。俺が見つめる、めぐみがうなづく。それだけで全てが成立したんだ。

今にして思えばあの頃が俺たちの絶頂期だったな。日常的なほんの小さなことがすぐに喜びに結びつくんだ。いつも心は幸せで満たされていてね。全てが輝いていたよ。まさに世界中が愛で溢れているって感じだったよ。

でもそんなふうにして一気に登りつめたカップルというのは、下り始めるのも早いよね。俺たちも例外じゃなかった。つまり倦怠期に入ったのさ。つき合い始めてわずか半年で倦怠期に入るなんて、俺たちの走りっぷりもすごいもんだろ？　もちろん倦怠期と言ったっていきなりケンカを始めたわけじゃないよ。

確かにめぐみにも欠点はあったよ。例えばめぐみには妙に頑固なところがあってね。一度何かを決心するとどんなに説得しても考えを変えないんだ。でもそんな欠点もめぐみが好きだった頃には、そこがまためぐみの可愛いところだって思っていたんだよ。そういうのを確かアバタもエクボって言うんだよね。

だけどそんな欠点も、少しずつ本当に気に障るようになってきたんだ。もちろんすぐには口に出して言ったりはしなかったよ。向こうもこっちに対して何か言いたいことがあるのを我慢しているようだったからね。せっかく築いた二人の関係をお互いに壊したくなかったんだね。

でも、そうやって相手の考えを探っているうちに、だんだん相手のことがわからなくなり始めたんだ。いっしょにいてもお互いに別のことを考えているんだよ。だけど、それじゃいっしょにいる意味がないよね。だから俺は、気に入らないことははっきり言おうって決心したんだ。俺はとうとうデートの途中で言ったよ。おまえ強情なんだよってね。そしたらめぐみのやつ、道の真ん中で急に立ち止まってね。こぶしをぎゅっと握り締めたと思ったら、涙をポロポロこぼし始めてね。それでこう言うんだ。強情なのはそっちだよってね。

俺はすぐに後悔したよ。なんてことを言ってしまったんだってね。確かにめぐみの言う通りだって思ったよ。俺は一生懸命謝ったよ。するとめぐみはすぐに泣き止んで、俺を許してくれたよ。俺たちはあっというまに仲直りしてしまったのさ。

心のわだかまりが取れて、俺たちは久しぶりに楽しい気分を味わったよ。まだ涙でまぶたを腫らしているめぐみが愛しくてたまらず、俺は言ったよ。めぐみを抱きたいってね。するとめぐみは俺にぴったりと寄り添って、いいよって答えたよ。

いつもならめぐみの部屋かラブホテルでするのに、その日は奮発してシティーホテルに泊まったよ。久しぶりに俺たちは燃えたよ。終わってから俺はめぐみに言ったよ。これからは、言いたいことがあったらはっきり言おうってね。

それから俺たちはときどきケンカするようになったんだけど、お互いに言いたいことを言ってしまえば気が晴れて、すぐに仲直りできたよ。そしてケンカのあとには仲直りのしるしに必ずセックスしたよ。

でも何回か繰り返すうちに、そのパターンにも慣れてしまってね。セックスには新鮮味が感じられなくなっていくのに、ケンカのほうだけはどんどんエスカレートしていくんだよ。

めぐみもそれまではちょっとしたことですぐに泣いていたのに、あまり涙を見せなくなったよ。その頃には俺も、めぐみが泣くのを見ても、あまり心を動かされなくなっていたからね。きっとお互いに相手を思いやる気持ちを失い始めていたんだろうね。

俺たちはだんだん泥沼の状態に入っていったよ。とにかく会えばケンカでね。デートの途中でケンカ別れしてしまうことも度々あったよ。でも決して嫌いになったわけじゃないんだよ。もうすでにめぐみは俺にとっては自分の分身みたいな存在だったから、好きとか嫌いとかの問題じゃないんだ。きっとめぐみも同じだったはずだよ。とにかくお互いに好きなんだけど、ケンカせずにはいられないのさ。

そんなにケンカばかりしていて、その原因がいったい何なのか知りたくないかい？　それがまた、本当にどうでもいいような小さなことなんだよ。例えば夕食は何にするかとか、ドライブはどこに行くかとかね。なぜそんなことでケンカするのかおまえにはきっと理解できないだろうね。

実を言うと、それは俺にもよくわからないんだよ。とにかく、ちょっとした意見の違いからすぐに口論になって、あとはひたすらめぐみが憎らしく見えてくるんだよ。

クリスマスが近づいたある日、めぐみが改まったような顔つきで俺に言ったよ。

『あたしたち、これからどうするの?』

俺は一瞬、何のことかわからなかったよ。

『どうするって?』

『だってあたしたち、ずっとこのままってわけにはいかないでしょ?』

俺たちの将来のことが話題になるのは初めてだったよ。

『でも、結婚するのはまだ早いよ』

俺がそう言うと、めぐみは驚いたような顔をしたよ。

『そこまでは言ってないけど……でも、結婚してくれるって本当なの?』

『ああ、おまえがよければな』

するとめぐみは泣きだしたよ。よほどうれしかったんだろうね。なにしろケンカばかりの毎日だったからね。

　言っておくけど、俺は別に嘘をついたわけじゃないよ。その時は本当にめぐみと結婚するつもりだったんだ。もちろん、いまさら捨てられないっていう気持ちも少しはあったけどね。とにかく何度も言うようだけど、俺はめぐみを愛していたんだ。そして愛しているがゆえに、時として憎らしく見えるだけなんだ。

　クリスマスはもちろんいっしょにすごしたよ。その日のために都内のホテルを予約しておいたんだ。

　待ち合わせをした駅の広場に行くと、めぐみはもう先に来ていたよ。白い毛糸の帽子に赤いコートを着ているめぐみは、サンタクロースの子供版って感じでね。腕にはプレゼントの箱を抱えていたよ。俺が見せろよって言うとめぐみは口をとがらせて、まだダメって言ったよ。もちろん俺だってめぐみへのプレゼントは忘れなかったさ。

　とりあえず俺たちはホテルにチェックインしたよ。ボーイに案内されて部屋に入ると、めぐみはバスルームとかクローゼットとか、あっちこっち調べ始めたよ。ホテルに泊まるといつもやるんだ。

『おーい、めぐみ。いい加減にしてこっちに来いよ』

『うん』

『プレゼント見せろよ』

『うん、わかった』

俺たちはプレゼントを交換したよ。きれいな包装紙に包まれためぐみからのプレゼントを開けてみて、俺は驚いたよ。なかから出てきたのはマフラーだったんだ。実は、俺がめぐみのために買ってきたのもマフラーだったのさ。しかも二人とも似たような色柄のマフラーでね。俺はめぐみがプレゼントしてくれたマフラーを首に巻いて、どこで買ったのか聞いたよ。さすがに買った店は違っていたけど、プレゼントしたのが二人ともマフラーだったなんて本当に偶然の一致だよね。

ディナーを予約した時間になったんで、俺たちはエレベーターでホテルの最上階のレストランに行ったよ。ボーイに案内されて席につくと、テーブルの上にはキャンドルが灯してあってね。まわりを見ると俺たちと同じようなカップルばかりなんだ。

窓の外にはきれいな夜景が広がっていてね。俺たちはシャンパンで乾杯したよ。

食事の最中にめぐみが改まったような顔をして言ったよ。

『この前の話なんだけど』

俺は何の話かすぐにわかったけど、わざととぼけたよ。

『この前の話って?』

『あたしのこと真剣に考えてるって言ったでしょ?』

『ああ』

『もしよかったら、お正月にあたしの実家に来てほしいの。うちのお父さんが会いたがってるから』

『会いたがってるって、おまえ、家の人に言ったのか? 俺のこと』

『うん。いけなかった?』

俺はちょっと嫌な気分になったよ。確かにもう半年以上つき合っているんだから、めぐみが俺のことを家族に言うのは当然だと思うよ。だけどなんで俺に相談しないで勝手にそんなことしたのかって考えると、ちょっと納得できない部分があったんだ。

『別に、いけなくはないけどさ』

『じゃあ、お父さんに会ってくれる?』

『考えとくよ』

俺がそう言うとめぐみは黙ってしまって、もうそれ以上何も言わなかったよ。俺を怒らせたらせっかくのクリスマスが台なしになってしまうからね。

食事を終えると、俺は気分を変えるために外を散歩しようって提案したよ。するとめぐみはすぐにうなづいたよ。

一度部屋に戻って、外へ出る支度をしたよ。俺はコートを着ると、めぐみがプレゼントしてくれたマフラーを首に巻いたよ。そして、おまえはどうするってめぐみに聞いたよ。と言うのも俺がプレゼントしたマフラーは、めぐみが普段着ているコートに合わせて選んだものだったんだ。だからサンタクロースみたいな、その日のめぐみのファッションにはぜんぜん合ってないのさ。ところが、めぐみは平気な顔でそのマフラーを首のまわりにぐるぐる巻きつけて言うんだ。

『あたしもするよ。だって、せっかくプレゼントしてもらったんだもん』

街はクリスマスの飾りつけで華やかだったよ。歩道には大勢の人があふれていてね。俺とめぐみは腕を組んで歩いたよ。ときどきめぐみが子供のように俺の腕にぶら下るんだ。俺は言ったよ。

『おまえ、酔っぱらってるんじゃないの?』

シャンパンって意外とアルコールきついんだよな。ところがめぐみは口をとがらせて言うんだ。

『酔ってないもーん。あたしお酒強いんだから。ねえ、もっと飲もうよ』

俺は初めてめぐみと会ったときのことを思い出したよ。あれからまだ一年も経ってないのに、もうずいぶん長くめぐみとつき合っているような、そんな気がしたよ。

俺たちは居酒屋を見つけて、そこに入ったよ。クリスマスのせいか客のほとんどはカップルだったけど、会社帰りのサラリーマンの姿もちらほら見えたよ。

俺たちはしばらくは昔話なんかしながら仲良く飲んでたよ。ところがちょっとしたことから言い合いになって、またさっきの話に戻っちゃったんだ。

『どうしてお父さんに会ってくれないの？』

『会わないなんて言ってないよ』

『じゃあ、いつ会ってくれるの？』

『だから考えておくって言っただろ』

『いつ考えるのよ』

『うるさいな』

そう言うと、めぐみはすごい顔で俺をにらんだよ。

『本当はあたしのことなんか、真剣に考えてないんでしょ!』

俺は頭にきてつい言っちゃったよ。

『ああ、おまえのことなんか何も考えてないよ』

するとめぐみは大声で泣きだしたよ。みんながこっちに注目して俺は恥ずかしかったから、仕方なくめぐみをなだめたよ。

『みっともないから泣くなよ』

ところがめぐみは泣き止むどころか、店じゅうに響くような大声で叫んだんだ。

『だって、もうお父さんと約束しちゃったんだもん!』

俺はショックだったよ。

『勝手にそんなこと決めるなよ!』

そのうちに隣で飲んでいたサラリーマンが俺たちのケンカに口をはさんできたんだ。

『女の子泣かしちゃいけないなあ』

俺はそいつをにらんだよ。

『うるせえな』

するとそのサラリーマンは怒りだしたんだ。

『うるせえとは何だ。うるせえのはおまえらのほうだ！』

サラリーマンが殴りかかってきたんで俺も殴り返したよ。するとめぐみが泣きながら止めに入って、店員なんかもきちゃってね。気がつくと店のなかはしーんとしてて、みんなこっちを見てたよ。俺たちはすっかり店にいられなくなってしまって、仕方なくそこを出ることにしたよ。

『クソっ、最近のガキは……』

サラリーマンがいつまでもブツブツ言ってたよ。

俺たちは黙ったまま一言もしゃべらないでホテルに戻ったよ。部屋に入ると俺はソファーに座り込んだよ。口の端がヒリヒリするんで手でこすると血がついてるんだ。きっとサラリーマンとやり合ったときにできたキズだよ。

見るとめぐみはベッドの端にぼんやりと座ってシーツをなでていたよ。そんなめぐみを見てるとたまらなくかわいそうに思うんだけど、また同時にたまらなく憎らしくもなってくるんだよ。そして俺は言わずにはいられなくなるのさ。

『おい、めぐみ』

だけどめぐみは返事をしなかったよ。今は何を言っても無駄だってわかっているからね。だけど俺はもう自分で自分を止めることができなくなっていたよ。

『おまえのオヤジなんかとは絶対に会わないからな』

めぐみは顔を上げて俺をにらんだよ。

『さっき、考えてくれるって言ったじゃない！』

『気が変わったよ』

するとめぐみはとても言葉では表せないような悲しい顔をしたよ。

『嘘つき！』

めぐみはそう叫ぶと、あとは何も言わずに部屋を飛び出していったよ。

俺はしばらく一人でソファーに座っていたよ。ふと見ると床にマフラーが落ちていてね。俺がめぐみにプレゼントしたやつさ。俺は無性に腹がたってね。自分の首に巻いてあったマフラーをはぎ取ると、思い切り床に叩きつけたよ。

それから俺たちはしばらく会わなかったよ。めぐみが部屋を出ていったあと、俺もホテルをチェックアウトして家に帰ったんだ。俺はやり場のない怒りを感じると同時に、めぐみにつらく当たってしまったことを早くも後悔していたよ。とにかくしばらく冷却期間をおいたほうがいいなって思ったよ。

結局、次にめぐみに会ったのは正月もすぎて、一月のなかばになってからだったよ。もしかしたら、もう会ってくれないんじゃないかと思ったけど、めぐみはあっさりＯＫしてくれたよ。しばらく会っていなかったんで、最初のうちはちょっとギクシャクした感じだったけど、とにかく俺は謝ったよ。

『この前はごめんな』

するとめぐみはすぐに許してくれたよ。

『いいよ、あたしも悪かったんだから』

『おやじさんの件、どうなった？』

『来ないのかって聞かれたけど、急用ができたからって適当にごまかした』

『悪いことしたな』

『もういいよ』

そう言って、めぐみはちょっと悲しそうな顔をしたよ。俺は罪ほろぼしのつもりで旅行の提案をしたよ。

『来月になったら、泊まりがけでどこかの温泉にでも行こうぜ』

『……うん』

めぐみはあまり気乗りしないようだったけど、俺は自分の思いつきに有頂天になって一生懸命に説得したよ。

『俺たち、ずっとケンカばかりだったろ？　だから温泉にでも入って、ちょっと気分転換しようぜ』

するとめぐみは、やっと小さくうなづいたよ。

それから俺たちはまた以前のように会うようになったんだけど、仲良くしていたのは最初のうちだけで、しばらくするとまた元通りケンカするようになってしまったよ。ケンカの原因はいろいろだったけど、その頃は二人の将来のことでもめるのがやっぱり一番多かったな。めぐみは何かにつけて、俺がこれから先のことをどう考えているのかって聞くんだよ。そして将来のことを真剣に考えているなら、どうしてあたしの親に会ってくれないんだって責めるんだよ。ところが俺はそういうのが煩わしくてね。

はっきり言ってしまえば、めぐみとは会いたいけど、めぐみの親とは会いたくなかったんだよ。もちろん俺はめぐみと結婚するつもりだったから、いつかは親に会わなきゃならないのはわかっていたよ。でもその時点ではまだ会いたくなかったんだ。

めぐみは俺に、そんなの通用しないよって言ったよ。子供みたいだとも言ったよ。でも、なんて言われようと会いたくないものは会いたくないんだ。

そんなわけで再び始まったケンカのせいで旅行も中止になりかけたけど、俺はめぐみをむりやり連れ出したよ。俺たちはまだ泊まりがけで旅行したことがなかったからね。でも、めぐみは俺に言ったよ。

『今度の旅行、二人の最後の賭けにしようよ。あたしたち会えばいつでもケンカだし、もうお互いに疲れちゃったから、だから旅行のときだけはケンカするのやめようよ。だけど、もしまたケンカしちゃったら、そのときはもう別れよう。だってたった二日のあいださえ仲良くしていることができないのなら、あたしたちいっしょにいても意味がないもん』

出発の朝、約束した駅で待っているとめぐみは少し遅れてやってきたよ。

『ごめんね。待った?』

『いや、今きたところ』

めぐみは俺がクリスマスにプレゼントしたマフラーをしていたよ。もちろん俺もめぐみにもらったマフラーを忘れずにしてきたよ。

二人が乗る列車はもうホームで待っていたよ。乗り込もうとする俺の腕を引っ張ってめぐみが言ったよ。

『ねえ』

『なんだい？』

『あたしたち、今日から二日のあいだだけは本当にケンカするのやめようね。あたしイライラしても我慢するから、だから……』

めぐみは真剣な顔をして俺を見ていたよ。

『ああ、俺も我慢するよ』

俺たちは窓の外の景色を眺めながら、駅弁を食べたりビールを飲んだりしたよ。そうやっているうちに、いつのまにか新婚旅行にでも来たような気分になっていたよ。

昼すぎには目的の駅に着いてしまってね。旅館に行くにはまだ早かったんで、俺たちは温泉街をブラブラ歩いたよ。

ゲームセンターに入ったり、パチンコをやったりして歩いているうちに、いつのまにか温泉街を通り抜けてしまってね。川の両側からせり出して美しい渓谷を作っていた険しい岩壁もだんだんなだらかになって、普通の田舎の風景に戻っていくんだけど、川に沿った道はずっと続いていてさ。俺たちは腕を組んで歩き続けたよ。

道路から川へ落ち込んでいる斜面にはところどころに畑があってね。一人のオジさんがクワを持って小さな畑をたがやしていたよ。畑の近くの路上にはリヤカーが止めてあってオジさんと同じ年くらいのオバさんがその上に乗っかって座っているんだ。オバさんの傍らにはミカンのいっぱい入った袋が置いてあってね。オバさんはそのミカンを食べながら畑をたがやしているオジさんを眺めているんだ。

俺たちは畑に下りる石段に腰を降ろしたよ。川の上流を見ると、俺たちがいま通り抜けてきた温泉街が湯気に包まれて浮かび上がっていたよ。

俺はオジさんに話しかけたよ。

『何を作っているんですか？』

オジさんはチラっと俺たちのほうを見て、そっけない返事をしたよ。

『何も作ってないよ。ただ耕しているだけだよ』

やがてオジさんは作業を終えたらしく、俺たちの横を通ってリヤカーのところへ行ったんだ。

俺たちも腰を上げてリヤカーのそばに行ったよ。オジさんはクワの土を落とすとリヤカーにそれを載せたよ。そのあいだオバさんは何か手伝いをするでもなく、相変わらずオジさんの動作を見ているんだ。

『奥さんですか？』

俺はオジさんに聞いたよ。

『ああ』

『足が悪いんですか？』

『ああ、足だけじゃなくて頭のほうもな』

オジさんはそう言って、タバコに火をつけたよ。

『大変ですね』

『いいや、オレは昔さんざんこいつに面倒かけてな。そのバチが当たって、今じゃオレのほうがこいつの面倒を見てるのよ。なあ、おまえ』

オジさんはそう言ってオバさんに話しかけるんだけど、オバさんはぜんぜん反応しないんだ。

やがてオバさんは俺たちのほうを見てニコニコし始めたよ。袋からミカンを取り出して俺たちに差し出すんだ。オバさんは体が動かせないからオジさんが代わりに俺たちに渡してくれたよ。俺たちは礼を言ったよ。

『ありがとうございます』

オジさんは俺たちの礼には何も答えず、ヨイショとかけ声をかけるとリヤカーを引いて歩きだしたよ。

オジさんはきっと川しものほうに住んでいるんだろうね。俺たちが来たのとは反対のほうに歩いていったよ。俺たちはもらったミカンを食べながら温泉街のほうに戻ったよ。旅館にチェックインして一息つくと、めぐみがおみやげを買いに行こうって言い出してね。俺たちはみやげものを売っているロビーに降りて行ったよ。めぐみがまんじゅうの箱をいくつも抱え込むから俺は言ったよ。

『そんなに買ってどうするんだよ』

するとめぐみはケロっとして答えたんだ。

『全部、うちの家族の分だよ。みんなに頼まれたんだもん』

『頼まれたって、おまえ家の人に言ったのか？』

『うん言ったよ。だって心配するといけないから』

『心配するって、おまえもともと一人暮らしなんだから、言わなきゃわからないことだろ？』

『言ったらいけないの？』

『わざわざ言う必要ないよ』

『でも、ちゃんとそっちの分も買ったよ』

『そっちの分ってどういうことだよ』

『だって、うちのお父さんにおみやげ渡しておいたほうがいいでしょ？』

『勝手にそんなことするなよ』

ところがめぐみは箱を抱えてレジのほうへ行こうとするんだ。だから俺は呼び止めたよ。

『本当に俺の分も買うのか？』

『いいよ、お金はあたしが出すから』

俺は思わずカッとなったよ。

『金の問題じゃないよ』

結局めぐみは俺の分まで買ってしまってね。冷静に考えれば、めぐみは別に間違ったことはしてないんだ。それは俺もわかっているんだよ。でもめぐみのやることはいちいち俺の気に障るんだ。

部屋に戻っても気がおさまらず、俺はめぐみに言ったよ。

『なあ、俺の分はみやげなんかにしなくてもいいから、いま食べようぜ』

もちろん本当に食べたいわけじゃなくて、めぐみに対するただの嫌がらせだよ。

『だめだよ。食べたいならもう一つ買ってきてあげるから、これはやめてよ』

『俺は自分の分を食べるって言ってんだよ』

そう言って俺は箱に手をのばしたよ。するとめぐみは俺より一瞬早く手をのばして、箱を後ろに隠したんだ。

『バカ、こっちへよこせ』

俺はめぐみを押し退けて箱の端をつかんだよ。でもめぐみも取られまいとして箱から手を離さないんだ。

『お願い、やめてよ』

『うるさい！』

俺は思い切り手に力を入れたよ。すると箱が破れて、なかに入っていたまんじゅうが畳のうえに落ちてコロコロところがったんだ。

めぐみはすごい顔をして唇を噛み締めると、手に残った箱の破片を俺に叩きつけたよ。俺は頭のなかが真っ白になってね。次の瞬間、めぐみの頬っぺたを思いきり叩いていたよ。

畳の上に倒れためぐみは頬を押さえて、痛いというよりは驚いたような顔をしたよ。俺はすぐに我に返って殴ったことを後悔したよ。きっと大声で泣きだすだろうと思ったけど、めぐみはぜんぜん泣きださなかったよ。

『ごめん、めぐみ！　殴るつもりはなかったんだ』

ところがめぐみは何も言わずに、ただ俺の顔をじっと見ているんだ。

『本当にごめん。俺が悪かったよ。あとで新しいのを買ってきてやるよ。な、それでいいだろ？』

それでもめぐみは返事をしなかったよ。相当ショックを受けたらしく、放心したような顔で俺を見続けるんだ。

俺は、今は何を言っても無駄だと思ったんで話題を変えたよ。

『そうだめぐみ！　風呂に入ろう。せっかく温泉に来たんだから、風呂に入らないとな』

俺は風呂に行く支度をしたよ。ところがめぐみは立ち上がろうとする気配もないんだ。仕方なく俺はめぐみの手にタオルを押しつけたよ。

『風呂に入って気分を変えようぜ』

しばらくするとめぐみはやっとタオルを受け取ったよ。

『俺は先に行ってるからさ。おまえもあとから来いよ』

露天風呂からの眺めは最高だったよ。薄闇に包まれ始めた渓谷の底で、川の流れがぼんやりと白く見えていてね。川をはさんだ向かいの旅館の灯りがなんとも言えないあたたかみを感じさせるんだ。

ぬるめの湯にのんびり浸かりながら、俺は改めてめぐみを殴ってしまったことを後悔したよ。自分の手のひらを眺めながら、殴った直後のめぐみの驚いたような顔を思い出していたよ。

『もし、またケンカしちゃったら、その時はあたしたちもう別れよう』

俺はめぐみとの約束を思い出したよ。

(なんて取り返しのつかないことをしてしまったんだ)そうつぶやきながら俺は頭を抱え込んだよ。

とにかく風呂から上がったらもう一度謝ろう、そう俺は決心したよ。もしかしたらめぐみはもう許してくれないかもしれない、だけどとにかく謝ろうってね。

ふと俺は畑で会ったオジさんのことを思い出したよ。

『……今じゃオレのほうがこいつの面倒を見てるのよ』

俺は心の底から反省したよ。もしめぐみが許してくれたら、もう二度とめぐみを泣かせるようなことはしないって、そう心に誓ったよ。

耳を澄ますと壁の向こうの女湯のほうから湯を流す音が聞こえるんだ。俺は声をかけたよ。

『おーい。めぐみ!』

だけど返事はなかったよ。もしかしたらまだ部屋にいるのかもしれない、そう俺は思ったよ。

だとすると俺だけのんびり湯に浸かっている場合じゃないよな。

俺は適当に体を洗うと急いで風呂から上がったよ。部屋に戻ると仲居が夕食を運んでいる最中でね。

『お客さん、何かあったんですか?』

小声で仲居が言うんだよ。俺はすぐに嫌な予感がしたよ。

『まさか……』

『奥さん、泣きながら出ていきましたよ』

『遅かったか』

俺たちは宿帳に夫婦として記入していたんだ。俺は仲居に言ったよ。

『すいませんが』

『何でしょうか?』

『急用ができたので帰ります』

『帰るって言われても……もう食事の支度もしてしまいましたので』

『お金はちゃんと払っていきます』

俺は急いで帰る支度をしたよ。着替えるために奥の部屋に行くと、ふとんの上に手紙が置いてあってね。もちろんめぐみの手紙だよ。俺はそれをポケットに突っ込むとすぐに旅館を出たよ。

駅に着くとちょうど東京行きの列車が出たところでね。きっとめぐみはそれに乗ったはずだよ。駅員に聞くと次の東京行きが来るのは二時間あとだって言うんだ。仕方なく俺は誰もいないホームのベンチに腰掛けたよ。

ホームには冷たい風が吹いていていて、列車のドアの位置を示す案内板がキイキイ音をたてて揺れていたよ。俺はポケットから手紙を取り出して広げたよ。急いで書いたらしく、めぐみの手紙はところどころ読みづらい箇所があったよ。


『あたしたち、やっぱりダメだったね。とうとうケンカしちゃったね。あたしなりに我慢したんだけど……でも、きっとこうなる運命だったんだね。

なぐられたこと、すごくショックだった。あたし親にだってなぐられたことないんだよ。それなのに一番好きだった人になぐられるなんて……。

きっとあたしが家族のことばかり言うのがいけなかったんだね。でもあたし、家族ってすごく大切だと思うんだよ。だって家族を捨てて二人だけでやっていくなんてできないでしょ？だからあたしの家族とも、あたしと同じように仲良くしてほしかったんだよ。

　あたし、家族にずっと自慢してたんだよ。あたしが今つきあってる人はすごい人なんだよって。大学でも勉強が一番で、卒業したらお父さんのあとを継いで社長になる人なんだよってね。でも、うちのお父さんぜんぜん信じてくれなくて、そんなやつがおまえみたいな娘と結婚するわけないだろ、なんて言うんだよ。おまえは遊ばれているんだってね。だからあたし、今度ぜったい連れてくるからって言ったんだよ。

　結局お正月は来てくれなかったね。あたしが一人で勝手に決めたことだから仕方ないんだけどね。でもお父さんも楽しみにしてたんだよ。今回だって旅行の帰りに家に連れてこいって家族に言われてたんだ。それなのに別れちゃったなんて今さら言えないよ。あーあ、帰って報告するのつらいなあ。

　こうして手紙書いてるといろんなこと思い出すよ。あたしが大学生だって嘘ついてたこと許してくれたよね。あのときはすごくうれしかった。それからあたしが今してるこのマフラー。もらったあとにケンカしちゃったけど、プレゼントされたときはすごくうれしかったよ。このマフラー二人の思い出として大切にするよ。

もう一度、最初の頃に戻りたい。まだケンカなんかしなかったあの頃に。でも、そんなの無理だよね……アハハ。

あんなに好きだったのに、今だって死ぬほど好きなのに、こんなことになっちゃって、あたし本当にくやしいよ……さよなら』

俺は東京に戻るとすぐにめぐみのアパートに行ったよ。でもめぐみは帰ってなかったよ。もう夜も遅くなっていたし、きっとめぐみは実家のほうに行ったんだろうね。

仕方なくその晩はめぐみに会うのを諦めて、翌日大学の帰りにまた行ってみたよ。ところがやっぱりめぐみは留守なんだ。カーテンも閉まってて人のいる気配がないんだよ。

それから毎日俺はめぐみの部屋に行ってみたんだけど、新聞なんかも溜まってて、ぜんぜん帰っている様子がないんだ。実家の場所を知ってればそっちのほうに行くんだけど、俺は親に会うのも嫌がっていたくらいだから、その住所さえもわからないんだよ。

それで今日もここへ来る前にめぐみの部屋に行ってみたんだけどね……」

そこまで話すと友人はため息をつきました。静かな部屋のなかで時計の音だけが響いています。僕は先を促しました。

「行ってみたら？」

「そうしたら、めぐみはもう引っ越したあとだったんだ」

「本気でおまえと別れるつもりなんだな」

「そうらしいんだ」

「それでおまえは何を相談したいんだよ」

「つまり俺はこれからどうすればいいのかってことさ」

「どうすれば、めぐみちゃんに会えるかってことかい？」

「まあね」

「おまえがどうしてもめぐみちゃんに会いたいのなら、アパートの大家さんのところへ行って事情を話してめぐみちゃんのことを聞けばいいよ。契約書に親の住所なんかが書いてあるはずだから、そこからめぐみちゃんを捜し出すことができるはずだよ」

友人はうなづきました。

「でも問題はそんなことじゃないよ。おまえは本当にめぐみちゃんとやり直す気があるのかい？　もしかしたら、おまえはまだ不安なんじゃないのかい？　仮にめぐみちゃんを捜し出せたとして、仲良くやっていく自信はあるのかい？」

友人はうなだれてしまいました。僕は続けました。

「おまえが本当にめぐみちゃんのためにその利己的な性格を直して、そしてめぐみちゃんと結婚する決心をしたのなら、捜すのを手伝ってやるよ。だけどそうする自信がないのならやめておけよ」

友人はテーブルに突っ伏《つっぷ》してしまいました。僕はさらに続けました。

「無理に捜し出してまたつき合い始めたとしても、いたずらに二人が傷つくだけだし、今度こそ本当にめぐみちゃんを不幸にしてしまうからね。その辺のところをよく考えてみて、それでもやり直したいのならもう一度来いよ。その時はおまえのためにいくらでも協力してやるよ」

僕がそう言うと友人はテーブルから顔を上げました。もしかしたら泣いているのじゃないかと思ったけど、ちょっと目が赤くなっているだけで友人は泣いてはいませんでした。

僕は椅子から立ち上がって二人分のお茶を入れてきました。友人はお茶を一口すすってから僕に言いました。

「おまえに話して気が楽になったよ。実は勉強も手につかなくて困っていたんだよ」

僕はお手上げのポーズをしました。

「遊び人を自認するおまえの言葉とは思えないよ。でもめぐみちゃんはおまえ以上に落ち込んでいるはずだよ。だっておまえん家って金持ちだし、おまえ大学卒業したら本当にオヤジさんのあと継ぐんだろ？　だからめぐみちゃんにすればすごい玉の輿だったわけだしな。もちろんめぐみちゃんはそんなことが目的でおまえとつき合っていたわけじゃないだろうけどさ」

「まあな」

友人はそう言って大きなため息をつきました。外はもう明るくなり始めていました。

僕があくびをするのを見て、友人は立ち上がりました。

「とにかく今日はありがとう。いろいろと参考になったよ。おまえってボッとした顔してるけど、けっこういろんなこと考えてんだな」

「ボッとした顔で悪かったな」

「今日は遅くなっちゃったからこれで帰るけど、そのうちに改めてお礼するよ」

「お礼って、またカラオケかい？」

「おまえが望むのならすぐにでもセットしてやるよ」

「ぜんぜん懲りてないな」

「ハハハ」

「ハハハ」

「キミの友だち、そのめぐみちゃんって子とやり直すつもりかしら？　なんか話を聞いてると、やっぱり性格的に合わないような気もするんだけど」

久美子さんがそう言いながら、長い髪の毛を鼻と上唇のあいだにはさんで匂いを嗅いでいます。

僕と久美子さんはレストランを出て、もうすでに僕の部屋に来ています。久美子さんは愛し合ったあと眠ってしまい、僕が起こすと友人とめぐみの話の続きをせがんだのです。僕たちはもう二時間近くも裸のままベッドに寝そべっているのです。

「あいつはたぶんめぐみちゃんを捜さないと思うよ。あいつの場合は相性とかの問題じゃなくて、女の子と結婚を前提にした深いつき合いをするにはまだ子供すぎるんだよ」

「じゃあキミはおとななの？」

「まさか。僕にしたってこのトシで結婚するのはまだちょっと荷が重いよ」

「そうよね。まだ二一だもんね。あれ、二二だっけ？」

「二一。でもあいつも今回の経験でずいぶん大人になったんじゃないかと思うよ」

「なんか練習台になっためぐみちゃんがかわいそう」

「めぐみちゃんにしたってきっと男を見る目が変わったと思うよ。もちろんいい意味でね」

カーテンのすきまから入ってくる日差しがゆっくりと壁の上を移動しています。

僕はベッドから降りて背伸びをすると、カーテンを全て開け放ちました。部屋いっぱいにオレンジ色の夕陽が広がりました。振り向くと久美子さんが眩しそうに目を細めていました。

「そこから確か新宿のほうが見えるのよね」

久美子さんが首をかしげながら僕にたずねました。

「うん見えるよ。高層ビルが夕陽を映していてとてもきれいだよ」

「ねえ」

「何?」

「ここって武蔵野市でしょ?」

「そうだよ」

「新宿の高層ビルが見える窓から夕陽が差し込むなんて、方角的にありえないんじゃないの?」

「そうだっけ?」

僕は不思議に思いながら窓ガラスに顔を近づけました。すると、なんと窓ガラスが窓わくごとスルスルと移動し始めて部屋のすみまで行き、東西に張り出した三角窓になってしまったのです。あらためて窓に顔を近づけてみると、新宿の街と沈みかけた夕陽の両方が、心なしかさっきよりも鮮明に見渡せるのでした。

「これでつじつまが合ったぞ」

「ちょっと！　そんなのあり？」

もちろん久美子さんといっしょなら何が起きても不思議ではありません。あるいは怪獣や宇宙人だって出てくるかもしれません。窓の外の景色くらいで驚いていたら、とてもこの先やっていけません。

それにしても今日の久美子さんはずいぶんゆっくりです。いつもなら、もうとっくに服を着て、久美子さんの車が止めてある例のレストランの駐車場まで僕のミニで送っているはずなのです。

「ねえ久美子さん。時間のほうは大丈夫なの？」

「うん。今日はね、夜まで平気よ」

「本当に？」

「本当」

「ウオー」

僕は思わず雄叫びを上げて、バック転をしてしまいました。

「嫌だ。裸でバック転しないでよ」

「ごめん。あんまりうれしかったものだから」

「あたしたち、そろそろ服着ない？」

「そうだね」

僕と久美子さんは仲良く服を着ました。それから二人でダイニングキッチンのほうに移動しました。

僕は二人分の紅茶を入れました。

「ありがと」

そう言って久美子さんはティーカップに口をつけました。

そのとき電話が鳴りました。

僕も久美子さんも同時に電話機のほうを見ました。

でも僕は電話に出ませんでした。久美子さんとの時間を誰にも邪魔されたくなかったからです。すると久美子さんが言いました。

「電話よ」

「らしいね」

「出ないの？」

「ほっとけばいいよ」

「きっと女の子よ」

「うちに電話をかけてくる女の子なんていないよ」

「でも、居留守はよくないわよ」

僕は仕方なく電話に出ました。

「もしもし」

「もしもし、あたしです」

「あ」

りえでした。

「約束、忘れたんですか？」

りえの声を聞いた瞬間に思い出しました。そして電話に出たことを後悔しました。僕は今日、りえと会う約束をしていたのです。

先週りえから電話があって、会ってくれと言われていたのです。りえが指定した日である今日は久美子さんと会う日だったから、他の約束はしたくなかったのだけど、久美子さんとつき合い始めてから、りえとはぜんぜん会わなくなってしまっていたので、仕方なくＯＫしたのです。

もし久美子さんが昼食のあと僕の部屋へ来たとしても、いつも夕方には帰ってしまうので、久美子さんをレストランの駐車場まで送ってからりえと待ち合わせた駅前の喫茶店に行けばいいと思っていたのです。

僕が黙っていると、りえが冷たい口調で言いました。

「あたし、もう一時間も待っているんですけど」

「いや、急にお客さんが来ちゃって行けなくなっちゃったんだよ」

「まさか一時間も待たせておいて来ないつもりですか？」

りえの声が大きくなりました。振り返ると久美子さんが僕をじっと見ています。僕はりえの声が漏れないように受話器を耳に強く押し当てました。

「そういった予定ではなかったんですけど」

「どうして急に敬語なんか使うんですか？　あたしのこと馬鹿にしてるんですか？」

「そういうわけじゃないけど、とにかく今度改めてお礼……じゃなくてお詫びするからさ、今日は取りあえずゴメン」

僕は受話器を置きました。

「ほら、やっぱり女の子でしょ？」

久美子さんにはバレてしまったようです。

「ねえキミ、その娘と何か約束してたの？」

「うん。今日会うはずだったんだけど、久美子さんのおかげですっかり忘れちゃったんだよ」

「あら嫌だ。じゃあ、行ってあげなくちゃ」

「それはいいんだよ。別にたいしたやつじゃないから」

その時またベルが鳴りました。きっとりえです。一方的に切られたので腹を立てたのでしょう。

「ほら、会ってあげなさいよ」

「いいんだって」

「電話に出なさい」

「嫌だ」

「出ないならあたし帰るわよ」

仕方なく僕は出ました。

「どうして切るの？」

「故障かなあ」

「嘘。早く来てよ」

僕は困ってしまって久美子さんを見ました。すると久美子さんは（行け行け）というように首を動かします。

「三〇分くらいしか会えないけど、それでもいい？」

「……ひどい」

「だって仕方がないんだよ。今どこにいるの？」

「マンテマ」

マンテマとは待ち合わせをした喫茶店の名前です。前にその意味を店員にたずねたら高山植物の名前だと聞かされました。

「じゃあ、これから行くよ」

「どれくらいで来れるの？」

「すぐ行くよ」

僕は受話器を置きました。

「久美子さん、待っててくれる？」

「いいわよ」

「一時間で戻ってくるから」

僕のマンションから駅までは車で一五分なのです。

「ちゃんと謝らなきゃだめよ」

久美子さんがコートを着込む僕の背中に向かって言いました。


夕暮れの街は人や車で溢れていました。駅のほうに向かう車の渋滞の列にイライラしながら並んでいると日没の瞬間が訪れました。

街を構成する全ての要素が加速度を増して闇に溶け始め、かすかに残っていた夕陽のオレンジ色の気配が、ある瞬間を境にして不意に消え、全てが青の基調に変わるのでした。

市営駐車場に車を止めると、僕はりえが待っている喫茶店マンテマに向かって走りました。

ドアを開けると店内は混んでいました。りえは一番奥の席に座っていました。向かいの椅子に腰かける僕を、りえは冷ややかな目で見ていました。

テーブルの上にはコーヒーと水が置いてありました。手もつけずに放置されているコーヒーの冷めた黒い液体の表面に、りえの怒りが表れているような気がしました。

「その服、素敵だね」

僕は言いました。別に機嫌をとるつもりで言ったのではなく、本当にそう思ったのです。

りえはきれいな若草色のスーツを着ていました。かたわらにはクリーム色のトレンチコートがきちんとたたんで置いてありました。いつもならジーパンにスタジアムジャンパーとかのラフなスタイルなのに、なぜ今日はそんな格好をしているのか、ちょっと理解に苦しみましたが、とにかく素敵でした。

「ひとあし早く春の装いって感じだよね」

ところが、りえは僕の言葉を無視して言いました。

「さっき、部屋に女のひとがいたんでしょ」

「ああ」

僕は自分の顔から笑いが消えるのがわかりました。僕は正直に答えることにしました。

「まだいるの?」

「いるよ」

「それで、あたしとは三〇分しか会えないわけ？」

「そうだよ」

りえは僕をじっと見ました。肩が少し震えていました。

僕はりえに殴られるのを覚悟しました。

そのときウエイトレスが注文を取りにきました。僕は危ないところを救われて少しホッとしました。ちょっとチャーミングなそのウエイトレスに僕は紅茶を注文しました。

りえは怒りを逸らされて黙り込んでしまいました。僕も何と言えばいいのかわからず、押し黙っていました。

りえとつき合い始めてもう九ヵ月になります。去年の五月の新入生歓迎会があった日にいっしょにカラオケをやって、そのあと海に行って、波打ち際でキスをして、それ以来のつき合いなのです。あの日から友人がめぐみとつき合い始めたように、僕はりえとつき合い始めたのです。

でも、僕たちのつき合いは友人とめぐみのような深いつき合いではありません。僕とりえは月に二、三度この喫茶店で待ち合わせをして、僕の部屋へ行ってセックスをするだけの関係なのです。ラブホテルはりえが嫌がるので行きません。

たまに僕の部屋へ行くまえに食事をしたりすることもありますが、ほとんどは部屋に直行します。そしてセックスが終わるとまたりえを駅まで送るのです。僕たちはセックス以外に普通のカップルがするような、例えば遊園地に行くとか映画を見るとか、そういうことはまったくしません。

でも、それは僕たちが単なるセックスフレンドであることを意味しているのではありません。それは、実はりえが望んだ形式なのです。つまり、りえにとっては僕たちのような関係が男女の理想的なつき合い方であるらしいのです。

もちろん僕だってつき合い始めた頃はりえをあっちこっち遊びに誘いました。仮にりえを抱きたいと思っても、いきなり部屋へ連込むのじゃなくて、公園を散歩したりしてムードを盛り上げておいてからそれとなく意思表示したのです。

ところがある日、そうやって公園を散歩しながらりえの耳元で（好きだよ）とかいろいろささやいていると、りえが突然立ち止まって言ったのです。

「セックスしたいんだったら、今すぐ先輩の部屋に行ってもいいよ。あたしも今日はしたい気分だから。お互いにやりたいことはさっさとやったほうがいいよ。そのほうがあたしも早く下宿に帰って勉強できるしね」

　僕は驚いてりえの顔を見ました。すると、りえは勇気を出して言ってはみたものの、やっぱり恥ずかしくなってしまったという様子で、僕の顔から目をそらすとうつむいて一人で歩きだすのでした。

　それから僕たちはデートにおけるセックス以外の部分を、だんだん省略するようになったのです。あるとき僕はりえにたずねました。

「りえは恋愛について、どう考えてるの？」

「別に何も考えてないよ。恋愛もしたいけど勉強もしなきゃいけない、だからどっちも能率よく処理する。ただそれだけ」

　確かにりえの言うこともわからなくはありません。りえは叔父さんのところに下宿しているので、きっとそのことでもいろいろと気を使うことが多いのでしょう。

「でもさあ、寂しいときにいっしょにいてほしいとか、いっしょにいると心が暖まるとか、そんなふうに思わない？」

「思うよ。思うけど我慢しなきゃ。親にお金出してもらって勉強してる身なんだから仕方がないよ。それにこれからの女はもっと自立しないとね。男に頼って生きてるようじゃダメだよ」

「なるほどね」

僕は思わずうなづいてしまいました。

そんな何事にも割り切った性格のりえなので、約束を破ったり、しかもその原因が女だったりしたら、それこそ殴られるのを覚悟しなければならないのです。

「今日のこと、あたしまだ一言も謝ってもらってないんだけど」

りえの声で僕は我に返えりました。

「そうだっけ？　とにかく待たせてごめん」

僕がそう言うと、りえは大きなため息をつきました。

「あーあ、せっかくあたし改心したのになあ」

「改心？」

「そう、改心」

そう言ってりえはバックのなかから何か取り出して、テーブルの上に置きました。それは二人分の映画のチケットでした。僕は首をかしげました。

「どうして映画なんか」

「あたしたちのつき合いって、いつもアレするだけでちょっと味気ないでしょ？　もちろん、言い出したのはあたしだから仕方がないんだけど、でもこれからはあたしももう少し彼女らしくしようと思って……」

「なるほど」

「だから服だって気分を変えてこんなの着てきたんだよ」

「そうだったのか」

「このところ、しばらく会えなかったでしょ？　あたし一人でいろいろ考えたんだ。いつか先輩が言ってたけど、あたしも二人でいる時間って大切なんだって思ったの」

「……」

「だから、これからはふたりでもっといろんなことしようって決めたの。だからと言ってあたしの勝手なわがままで先輩を振り回しちゃいけないと思ったから、だから今日はとりあえず映画くらいにしておこうって思ったの」

「……」

「それがいつのまにか知らない女に先輩を取られていたなんて」

「僕のほうが好きになったんだよ」

「あーあ、本当に後悔さきに立たずって感じ。でも、その女の人と知り合うまえにあたしが改心してたら結果は違ってた？」

「いや、同じだよ」

「そう。でもこれだけは信じてほしいの。あたしはあたしなりに真剣だったんだよ。先輩はあたしのこと、どう思ってたか知らないけど」

「いいや、りえが真剣だったのはよくわかっていたよ」

僕がそう言うとりえはテーブルに突っ伏《つっぷ》してしまいました。（泣くんだな）と僕は思いました。でも、りえは泣きませんでした。すぐに顔を上げて言いました。

「ねえ、やっぱり映画に行かない？　その女の人ほっといて」

「そういうわけにはいかないよ」

「やっぱりあたしよりその女をとるわけね」

「ごめん」

りえは唇を噛み締めると怒りに震え始めました。

「あのとき、遊びじゃないって言ったのに」

僕は夜の海岸でりえとキスしたときのことを思い出しました。

「本当にごめん」

次の瞬間、りえは立ち上がると思い切り僕の顔にコップの水をかけていました。

(これでよかったんだ)

立ち去るりえを眺めながら僕はそう思いました。


喫茶店を出ると僕は急いで車に戻りました。

外はもうすっかり夜になっていて、街はネオンに輝いていました。猛スピードで飛ばしながら、僕は久美子さんが帰ってしまったのではないかと、そればかりが心配でした。部屋を出てからもうすでに二時間近くが経っていたのです。

やっとマンションにたどり着いてドアを開けると、玄関には久美子さんのブーツがありませんでした。僕は目の前が真っ暗になりました。急いでダイニングキッチンに行き、それから部屋に行ってみましたが、やっぱり久美子さんはいません。

毛皮のコートもバッグもなくなっていました。念のためトイレやバスルームも見てみましたが、もちろんそんなところに久美子さんがいるはずありません。

久美子さんは帰ってしまったのです。

僕は頭をかかえてソファーに座り込みました。

（ああ、なんて失敗をしてしまったんだろう。久美子さんを二時間もほっぽらかしにしておくなんて。しかもそれが女の子に会うためだったなんて）

久美子さんが帰ってしまうのも当然です。もうきっと僕には会ってくれないでしょう。

僕は久美子さんが使った紅茶のカップを手に取ると、じっとそれを見つめました。つるつるした陶器の表面にルームライトが反射して光っていました。僕は泣きたい気分を必死にこらえました。

その時です。

聞き覚えのあるブーツの音が近づいてきたかと思ったら、ドアのノブをガチャガチャさせて久美子さんの声がしました。

「ちょっと、鍵なんかかけてどうしたのよ。あたしを入れてくれないの？」

僕の心は舞い上がりました。無意識のうちに僕は鍵をかけていたようです。

僕は急いで玄関に行きました。ドアを開けると久美子さんが立っていました。両手に大きなスーパーの袋を抱えています。僕は久美子さんから袋を奪い取ると、それを床に置いて力まかせに久美子さんを抱きしめました。

「ちょっと、痛いったら」

久美子さんは逃れようとして暴れましたが、僕が泣いていることに気づくと、抵抗をやめて僕の頭を優しくなで始めました。しばらくそうしているうちに僕はやっと落ち着きを取り戻しました。久美子さんはそっと僕の顔を両手で胸から離しました。外を歩いてきたせいか久美子さんはとても冷たい手をしていました。

「どうしたのよ」

「久美子さんが怒って帰っちゃったのかと思って」

「あたし、ちゃんと待ってるって言ったはずよ」

「それはそうだけど」

「キミのほうこそ鍵なんかかけてるから、電話の女の子でも引っ張り込んでるのかと思って、あたしあせっちゃったわよ」

「まさか、りえなんか」

「へえー、りえちゃんていうんだ。あれ、りえちゃんってもしかして、あの話に出てきたりえちゃん？」

「まあね。でも、もう別れたよ」

「別に追求はしないけど。だけど、あとでちゃんと仲直りしてあげてね」

「久美子さん、余裕だね」

「そう、お姉さんだから」

「ふーん。でもね、りえって実は六〇歳のおばあちゃんなんだよ」

「ハハハ」

久美子さんが夕食を作ってくれるというので、僕は飛び上がってよろこびました。久美子さんは毛皮のコートを脱ぐと、買ってきた材料をキッチンに運び込みました。僕はそのまわりを犬のようにぐるぐる走り回りました。

「ねえ、僕は何を手伝えばいい？」

「そうね。あたしが頼んだこと、ちゃんとやってくれる？」

「もちろん」

「じゃあ、向こうに行っておとなしくしてて」

仕方なく僕はテーブルの椅子に座ってテレビをつけました。それでも突き上げてくるよろこびを抑え切れず、僕は何度もバック転をしたり雄叫びをあげたりしました。

「あんまり暴れると、近所から苦情がくるわよ」

「はあーい。ところで久美子さん、なにを作ってくれるの？」

「ちゃんとしたの作ろうかと思ったんだけど、調味料とか道具とかなかったら困っちゃうから、簡単なのにしたわ」

「でも、うちのキッチンにはなんでもあるよ」

「あらそう？　あたしにはとてもそうは見えないわ。これじゃスパゲティーを作るのがやっとね」

「そうかなあ、それでいったい何を食べさせてくれるの？」

「だからスパゲティーよ」

「なーんだ。まいっか」

「嫌な子！　すぐにできるからテーブルの上、片づけておいてね」

僕はロボットになって、テーブルの上の雑誌やCDなんかをまとめてクローゼットに放り込みました。それからしばらく使っていなかったテーブルクロスを捜し出してきて、テーブルにセットしました。最後に去年のクリスマスにりえと使って残ったキャンドルも忘れずに立てました。

久美子さんがすぐにできると言ったのは嘘ではありませんでした。ほんの三〇分ほどでテーブルの上にはまるで手品のようにスパゲティーのボンゴレと、キノコを使ったサラダと、コンソメスープが並んでいました。どれも美味しそうで、盛りつけも完璧で上品な香りを立ちのぼらせていました。ほんの三品だけれども久美子さんの料理の腕前を知るにはそれだけで充分でした。

「シェフ。あなたの料理の哲学を教えてください」

「そうねえ、早くおいしくってとこかしら」

「そして安く？」

「それじゃ牛丼よ」

「久美子さんは牛丼食べたことあるの？」

「何度もあるわよ。お嬢さんじゃないんだから」

「ところで完璧なシェフのことだから、きっとこの料理に合ったワインもご用意して下さっているのでしょうね」

「見たわね」

久美子さんはジロっと僕をにらんで、後ろ手に持っていたワインの瓶をテーブルの上に置きました。同時に僕も隠していたワイングラスを出しました。

「キミもかなり用意がいいみたいね。それじゃ乾杯しましょう」

「ちょっと待って」

僕は立ち上がってルームライトを消しに行きました。一瞬真っ暗になりましたが、すぐに目が慣れてきました。カーテン越しに入ってくる街明かりで、部屋のなかは思ったより明るいのでした。急にあたりは静かになって、街のざわめきだけが微かに響いてきます。

キャンドルに火をともすと久美子さんの顔が浮かび上がりました。久美子さんはいつのまにか真剣な顔つきになっていました。炎の揺れで僕にはその正確な表情は読み取れませんが、いま僕の前にはぞっとするほど美しい久美子さんがいます。

僕は久美子さんの顔をじっと見つめました。黒目勝ちの大きな目がキラキラと光って揺れていました。久美子さんの目のなかで小さなキャンドルの炎が燃えているのです。

一瞬、久美子さんの唇が動いたような気がしました。

「何？」

久美子さんは何も答えずに僕を見つめています。

「いま、なんて言ったの？」

それでも久美子さんは何も言わずに、ただじっと僕を見つめ続けます。僕も久美子さんをじっと見つめ返します。

なぜか久美子さんが微かに首を振っているような気がしました。僕は急に悲しくなってしまいました。何がいやなのだろう？　いったいどうしたんだろう？

不意に久美子さんが明るい声で言いました。

「さあ乾杯しましょう！」

「久美子さん、どうしたの？」

「ううん、何でもないの。ごめんなさい」

「本当に大丈夫？」

「うん、大丈夫。だから乾杯しよ」

僕はうなづきました。

「ＯＫ」

この夕食のために選んで買ってきてくれたワインを、久美子さんは僕のグラスに注いでくれました。僕も久美子さんのグラスにワインを注ぎました。

「それじゃあ」

僕はグラスを目の高さに掲げました。久美子さんも従います。ところが後の言葉が出てきません。心のなかで格好のいい文句を探しながら、あらためて僕たちが二人きりで乾杯をするような立場にないことを思い知らされます。だからと言って、いつまでもこのまま黙っているわけにはいきません。
「とりあえず」
「とりあえず？」
「久美子さんの瞳に乾杯！」
久美子さんはプッと吹き出しました。それからテーブルに突っ伏《つっぷ》して笑いだしました。手に
したグラスのなかでワインが揺れます。
「お願い。それだけはやめて」
久美子さんが作った料理はどれも美味しかったでした。僕が今までに食べた物のなかで一番
美味しかったと言っても、嘘ではありません。どんな高級レストランのどんな高価な料理も、
恋人と二人で食べる昨日の残りのパンほどには決して美味しくはないのです。
ワインを飲んでほろ酔いになった頭で僕は、毎日久美子さんの料理を食べて、そしていつま
でもいっしょにいられたらいいなあと思いました。そのためなら僕はどんな犠牲もいとわない
でしょう。久美子さんのためにいっしょうけんめい働いて、そして家に帰ればエプロン姿の久
美子さんが待っていて、誰にもじゃまされることなく仲良く食事をして、いっしょにお風呂に

入って、休みの日にはドライブをして、映画を見て、公園で星を眺めて、やがて二人のあいだには子供ができて、それは絶対に女の子で、きっと久美子さんにそっくりな可愛くて、まるで天使のような女の子で、その子のために僕はさらにがんばって働いて、そしてどんなに歳をとっても久美子さんを愛して、愛し続けて、守り続けて、それは大地震がおきても、この世がなくなっても、宇宙が消えても、絶対に変わることはないでしょう。

「ねえキミ。泣いてるの？」

我に返えると、久美子さんが僕の顔をのぞき込んでいました。僕は急に恥ずかしくなってしまいました。

「別に！」

「そんなにあたしの料理に感動したの？」

「違うってば！」

「でも、まだ残ってるから全部食べてね」

スパゲティーをフライパンごと持ってきてテーブルの上に置いて、それをつつきながら僕たちはワインを飲み続けました。やがてワインがなくなると、冷蔵庫からビールを出してきてそれを飲みました。

僕は酔っぱらってしまいました。久美子さんも酔っていました。目元をほんのりと赤くしてけらけら笑う久美子さんはとても色っぽくて、また別の意味で魅力的でした。その久美子さんが甘えるような目で僕を見ました。

「ねえ」

「何?」

「実はお願いがあるの」

「何?」

「今夜ね」

「今夜?」

「ここに泊めてほしいの」

僕は驚きました。

「それはもちろんいいけど。でもご主人は?」

「今日はいないの」

「出張とか?」

「違うんだけど。それは深く聞かないで」

「それなら聞かないけど。でも本当に泊まってくれるの？」

「お願い、泊めて」

「ＯＫ、よろこんで」

僕はうれしさのあまりバック転を数回やって、それでも足りずにフローリングの床の上をバタフライで五メートルくらい泳ぎました。

「だけどその前にね、荷物を取りにいきたいの」

「荷物？」

「そう、荷物」

「久美子さんの家に？」

「まさか、車に積んであるのよ」

「ＯＫ、今？」

「そうね」

「でも、今は酔ってるから運転できないよ」

「いいわよ、歩いていきましょう。酔いざましをかねて」

「歩いたら一時間くらいかかるよ、あのレストランまで」

「平気、平気。食べたら運動！　それともいや？」

「久美子さんがいいなら僕は平気だよ」

　簡単に食事の後片づけをすると久美子さんは毛皮のコートを羽織って、僕はダウンジャケットを着て外に出ました。歩きだしながら久美子さんと手をつなごうかどうしようか迷っているうちに、久美子さんのほうから手を僕の腕に絡ませてきました。

「久美子さん、寒くない？」

「ぜーんぜん。風が顔にあたって気持ちいい」

　歩道にはところどころに凍った水溜まりがあるので僕は久美子さんが足を滑らせないようにジグザグに誘導しながら歩きました。まだ宵の口なので通りに面したほとんどの店は開いていました。ブティックやカーディーラーなどショーウインドーが現われるたびに僕たちはいちいち立ち止まって眺めました。

「あのジャケットみたいなの、久美子さんが着たら似合うだろうね」

「そうかしら。でもあたしが着たらチビッコ漫才師みたいじゃない？　あたし子供っぽい顔してるから」

「そうかなあ。うーん、確かにそうかもしれない」

「あっ、ひどーい。謙遜して言ったのにフォローしてくれないのね！」

少し行くとおもちゃ屋がありました。

「久美子さん、おもちゃ好き？」

「それはおもちゃによるわよ。でもほら、そこにキミの友達がいるじゃない」

「友達って、もしかしてそのシンバル叩いてる奴？」

「そう。そのチンパンジー、バック転しないのかしら？」

「シンバル持ってるからバック転はできないよ」

「じゃあ、どうするの？」

「バック転できないから、バック宙するんだよ」

「バック宙ってどうするの？」

「手をつかないで回るんだよ」

「やって見せて」

「うーんできるかなあ。しばらくやってないからなあ。まあいいや、いくよ。……！」

「わあ、すごーい。カッコいい」

「尊敬した？」

「少し」

しばらく行くと今度は宝石店がありました。僕たちはまた立ち止まりました。

「久美子さん誕生日いつ？」

「今日」

「あのね」

舌を出している久美子さんの頭を僕はげんこつで軽く叩きました。

「それじゃ久美子さん、何座生まれ？」

「水瓶座」

「本当に？」

「本当」

「じゃあ誕生日は？」

「先週。キミは？」

「九月」

「それって、もしかして乙女座？」

「そう」

「そっかあ、それで女々しいところがあるのね」

「あのねえ。それより久美子さん」

「何？」

「握手」

「はい」

「久美子さん、結婚指輪してないね」

「そお？」

「してこなかったの？」

「してきた。外したの」

「どこで？」

「キミの部屋へ行く途中で」

「いま持ってるの？」

「さあどうかしら。忘れちゃった」

さらに少し歩くと今度はゲームセンターがありました。ビルとビルのあいだにプレハブで作った小さなゲームセンターでした。僕はいつも車で行動するので、自分の足でその通りを歩くのは初めてでした。こんな所にゲームセンターがあるとは知りませんでした。もちろん僕たちはそこに入って行きました。

なかはせまくて奥行だけがやたらに深く、一瞬無限に奥まで続いているように見えました。でもよく見たら突き当たりが鏡張りになっているのでした。節電のためか照明が薄暗くてちょっと陰気な感じでした。

お客は中年のサラリーマンが一人と塾の帰りらしい小学生が一人いるだけでした。二人とも僕たちが入って行くとちらっとこちらを見ただけで、またすぐに自分のテレビゲームに熱中するのでした。

「よし、これをやろう」

僕は久美子さんを、僕が選んだテレビゲームの前に座らせました。コインを入れてスタートボタンを押すと音楽が鳴ってゲームが始まり、画面にモンスターが現われました。

「きゃー、何これ！」

「それをやっつけるんだよ」

「あたしはどれ？」

「久美子さんはそのブルース・リーみたいなやつだよ」

「どうすればいいの？」

「とにかく、その辺のボタン押してみて」

「こう？」

「よし、わかった。赤いボタンがパンチで緑がキックだ。ほら、そこでキック！」

「あーん届かない。くやしい」

「もう一回キック！」

「あん、やっぱりだめ。これならどうだ！」

「あっ、すごい。ジャンプした！　どうやったの？」

「両方押したの」

「久美子さん天才！」

「あっ、だめ。やられちゃった」

僕たちは次々にコインを入れて、そこにあるほとんどのゲームをやりました。最後に奥の壁ぎわにあったモグラ叩きをやりました。

「あたしはね、こういう単純なのが得意なのよ」

「わかる、わかる」

「ちょっと。どういう意味よ、それ」

「まあいいから。やってみよう」

久美子さんはこういうことに熱中できるタイプらしく、真剣な目つきでモグラを叩きまくるのでした。ときどき狙いをはずすと、くやしまぎれに（ちくしょう）とか（てめえ）とかつぶやきました。でもそんな下品な言葉も久美子さんが言うと、また妙に可愛く聞こえてしまうのでした。

「あー、疲れちゃった」

「久美子さん汗かいてるよ」

ゲームセンターを出て少し行くと小さな公園がありました。僕たちはそこでちょっと休憩することにしました。

二人でベンチに腰掛けて夜空を眺めていると、どこからともなく香ばしい匂いが漂ってきました。見ると焼き芋の屋台がいつのまにかそばにきて止まっているのでした。もしかすると意図的に風上にきたのかもしれません。きっと商売上手な焼き芋屋なのでしょう。さっき食事したばかりなので一つだけ買って半分ずつ食べることにしました。折った半分を渡すと久美子さんはそれを両手ではさんで頬につけました。

「あったかーい」

「デザートの代わりだね」

しばらく手を暖めてから久美子さんは焼き芋をかじりました。

「なんかこれ、ちょっとパサパサしてない？」

久美子さんが眉をひそめました。僕もそう思いました。

「パサパサって言うより、ボソボソって感じだよね」

それでも僕たちは焼き芋を残さず食べてしまいました。見ると屋台はどこへ行ってしまったのか、煙のように消えていました。

「なんか喉が渇いたわ」

「何か飲もうか」

「そうしましょ」

ちょうど目の前に喫茶店がありました。なかに入ると演歌が鳴っていて、夜はスナックになってしまうらしく、近所の電気屋さんって感じのオジさんがカウンターで水割りを飲んでいました。僕たちはジュースをストローですすりながらため息をつきました。

「ねえ久美子さん」

「なあに」

「これじゃあ、あのレストランに着くまでに朝になっちゃうよ」

「そうね」

僕たちはここを出たらもうすこし真剣に歩こうと決めました。しかしジュースを飲み終えて外へ出た時には、もうそれを忘れていました。

「じゃんけんポン」

負けたほうが相手をおんぶすることになりました。グーで勝ったらグーはグリコなので、グリコの三文字で三歩おんぶしてもらう。パーはパイナップルでチョキはチョコレートでどちらも六歩です。

「やったあ、また勝っちゃったわ」

でも僕は全然くやしくありませんでした。なぜなら勝っても負けても久美子さんと密着できるからです。白いミンクのコートを着た久美子さんはふわふわしていて、大きなうさぎを背負っているような気分でした。ただ久美子さんが見た目よりも重かったのは意外でした。

「あたしってけっこう筋肉質なのよ。だって中学生の時から水泳やってるんだもん。それにキミには言ってなかったかもしれないけど、実はあたしバレエもやってるのよ」

「もしかしてバレエの先生？」

「そうじゃないけど。でも友達がやってる教室に行ってるから時々代役で教えたりすることもあるわ」

「久美子さん、一生のお願いがあるんだけど」

「なんか嫌な予感」

「ちょっとでいいから、やって見せて」

「ここで？」

「お願い」

「ブーツでできるかなあ。まいっか、いくわよ」

街灯の下で踊ってくれた久美子さんの姿を僕は一生忘れることはないでしょう。まるで妖精のような、いいえ妖精なんて言葉では久美子さんをその一〇〇分の一さえも表現することはできません。残念ながら今の僕にはそれを表現する力がありません。

結局あのレストランにたどりつくのに僕たちは二時間近く費やしてしまいました。夕食と言うにはもう遅い時間でしたが、それでも駐車場はいっぱいで、久美子さんが客でもないのに車を止めているのは、はっきり言って営業妨害でした。

久美子さんは赤いスポーツカーの後ろに回るとトランクを開けました。なかをのぞき込んだ僕はちょっと驚きました。久美子さんが言っていた荷物というのを僕はせいぜい小さなボストンバッグぐらいに考えていたのですが、トランクのなかには世界旅行にでも出かけられそうな大きなスーツケースが横たわっていたのです。

久美子さんが目で訴える（お願い、降ろして）という言葉に従って持ち上げてみると、それは体積に恥じない重量をそなえていました。スーツケースには底部に車輪がついていて引きずることが可能なので、それで僕は少しほっとしました。

「ねえ久美子さん。ちょっとききたいことがあるんだけど」

「なあに」

「もしかして久美子さん」

「はい」

「もしかして……」

「はい」

そのまま僕たちは見つめ合ってしまいました。久美子さんの瞳がみるみる潤んできました。震える声で久美子さんが言いました。

「あのね。あたし家出してきちゃったの」

「本当に？」

「うん」

その瞬間ぼくは喜びで頭のなかが真っ白になってしまいました。

「OKわかった。このまま僕の所へくればいいよ」

「ほんと？」

「もちろん、よろこんで。久美子さんをどこにも行かせはしないよ。うちには使ってない部屋がたくさんあるから久美子さんのために掃除して使えるようにしてあげるよ。エアコンも新しいのを取りつけて。そうだ、明日いっしょにカーテンを買いに行こう。それから絨毯をひいて。ねえ、久美子さんは何色がいい？　僕はベージュがいいと思うな。それとも青がいいかな。そうだ、久美子さんがちゃんと料理ができるように調味料も揃えよう。やっぱりオーブンレンジもあったほうがいいよね。他にも必要な物があったら何でも言ってよね。食器も新しいのを二人分買おう。それからスリッパも買って」

「あの……」

「コーヒーメーカーも買って毎朝二人でコーヒーを飲もうね。パンに塗るジャムも忘れずに。

それから」

「あのね、ごめんなさ……」

「はみがきを買ってハブラシを買って、それからシャンプーとリンスを買って、最後に花を買ってきて」

「ごめんなさい、今のは冗談……」

「花を買って、花を買って、花を、花を」

「ごめんなさい……」

僕は胸がつまって言葉が出なくなってしまいました。

「本気にするとは思わなかったから……」

僕は久美子さんの胸に顔をうずめて泣いていました。

「本当にごめんなさい」

「ひどいよ、久美子さん」

◇

「でも本当に家出してきたのかと思ったよ。こんな大きなスーツケース見たら誰だってそう思うよね。もしかして、いつも持ち歩いてるの？」

「ハハハ、まさか」

「ということは今日は最初から僕のところに泊まるつもりだったの？」

「ねえ、あたしにそこまで言わせたい？」

「ごめん、ちょっと言いすぎた。でもこれって本当に重いよね。いったい何が入ってるの？」

「いろいろよ」

「とにかく、これが久美子さんの（お泊りセット）なわけだね」

「まあ、そういうことにしておくわ」

二人で同じ道をまた戻りました。来るときには開いていた店も帰りにはほとんど閉まっていて、ちょっと淋しい感じでした。僕たちはショーウインドーの代わりにビルとビルのあいだに見える夜空を眺めながら歩きました。街のネオンを反射して夜空は妙に白っぽい感じでした。

星も月も見えないけれど晴れていることだけは何となくわかりました。

「ねえ、あたしもう疲れちゃった。こんなに歩いたの久しぶり」

「タクシーで帰る?」

「そうね。じゃあ運転手さん、まっすぐ行ってちょうだい」

「ねえ久美子さん。スーツケースにまたがって何言ってんの?」

「押してよ」


「あたし小さいときお姫さまになるのが夢だったの。お姫さまになってみんながあたしのわがままを聞いてくれるの。ケーキが食べたいって言えばすぐにケーキが出てくるし、あたしが退屈そうな顔をしてるとすぐに誰かが来て、あたしの前で手品をしてくれるの。毎日好きな服を着て、大きなぬいぐるみに囲まれて、歌を歌って暮らすの」

「きっと女の子ってみんなそう思ってんだろうね」

「そうよ。どんなわがままでも聞いてもらえて、何でも自分の思い通りになるの。でもあたしもだんだん大きくなって、年ごろになってくると、ケーキや手品じゃ満足できなくなってくるのよ」

「思春期だね」

「何でもないようなことでイライラして親に当たり散らしたりするの。それでいて夜になると急におとなしくなって、自分の部屋にとじこもってしまうの。一人でベッドの上でまだ見ぬ王子様を思い描いていろいろ想像するのよ。もちろんあたしの王子様は世界でいちばん強くて、いちばんカッコいいの。その王子様がいつあたしを迎えにきてもいいように、あたしも準備しておかなくちゃならないのよ。だからイライラする心をおさえてお母さんの手伝いをしたりするの。つまり花嫁修業よね。料理にお裁縫にそれから掃除洗濯は基本。でもそれだけじゃだめ。なんて言ったって男と女の問題でしょ。まだ未経験のことがいっぱいあって、とても一人じゃ解決できないのよ。仕方がないから友達に相談してみると、いろいろアドバイスはしてくれるんだけどいまいち要領を得なくて、問い詰めてみれば結局友達も知らないのよね。そうなると仕方がないから寄せ集めの知識をたよりに一人で勉強するしかないの。ぬいぐるみを相手にキスの練習をしたりもするわけよ。

初めて恋をしたのは小学校の三年のとき。相手は同じクラスの男の子。それほど勉強ができるわけじゃないし、スポーツが得意なわけでもない普通の男の子。でも勉強とかスポーツとかそんなことどうでもいいの。ただもうあたしはその子が好きになっちゃったの。クラスにはもっと勉強ができる秀才がいたし、スポーツなら何でもできるって子もいたわ。はっきり言ってあたしが好きになった子はほとんど女子には人気がなかったわ。でもひとを好きになるのに理由なんていらないの。あたしが好きになったらそのひとがあたしの王子様。

ところが変なのよ。あたし人見知りしないタイプだったから秀才君でもスポーツ君でも誰でも気兼ねなく話せたし、ときにはケンカもしたりしたわ。それが彼のまえに行くと何も言えなくなってしまうの。可愛い表情で可愛い声で話しかけようとするんだけど、からだが動かなくなってしまうの」

「そんなもんだよね」

「クリスマスが近づいてみんなでプレゼントを交換することになったの。あたしは秀才君とかスポーツ君にはあたりさわりなくカードにメリークリスマスとか書いておいて、彼にだけ勇気を振り絞って（PSあなたが好きです）って書き添えたの」

「うんうん、それで」

「小学校が冬休みに入って、ある日お母さんがあたしの部屋に来て、電話よって言うから出てみたら彼だったの。あたし緊張しちゃって（はい）って返事するのがやっとだったわ。あたしが黙ってると彼が言ったの。

『いま外に出られる？』
『はい』
『じゃあ角の公園まで来てくれる？』
彼はそう言って電話を切ったわ。あたしは受話器を置くなり叫んでいたわ。
『お母さーん！』
『何よ』
『ピンクのワンピース出して！』
『ピンクのって何よ』
『バレエの発表会に着ていったやつよ』
『たんすの奥にしまっちゃったわよ』
『じゃあ、出して』
『いま着るの？』
『だから出してって言ってるのよ』
『まさか、それ着て出かけるの？』
『いいじゃない！』

『あんなペラペラなの着て外に出たら風邪ひくわよ』

『ほっといて。いいから早く出して』

『もしかして今の男の子ボーイフレンド?』

『お母さんに関係ないでしょ!』

『あるわよ』

『ねえ、お願い。早く出して。それとも出してくれないの。振られたらお母さんのせいだからね!』

『はいはい、わかりました』

あたし三分でワンピースを着てお気に入りのリボンをつけたわ。きめきめに決めて玄関を出ようとしたらお母さんが呼び止めたわ。

『ちょっと待ちなさい』

何かと思ったらお母さんがあたしの唇に口紅をぬってくれたの。

『こんなもんかしら。どう?』

渡された手鏡で自分の顔を見て驚いたわ。自分で言うのもなんだけど、口紅ひとつでそんなに変わるものとは知らなかったの。さすがに母は(女)を四〇年もやってるだけのことはあったわ。それは自然色のあまり濃くない口紅で、九歳のあたしに最も適したものだったの。はっきり言ってそのときのあたしは完璧で無敵だったわ。そんなあたしが振られてしまうとは思いもよらなかったわ。

公園に行くと彼はブランコに乗って待っていたわ。あたしは一番お気に入りの服を着ていったけど、彼はいつも学校に来るときと同じジーパンとジャンパーだった。あたしが黙っていると彼が言ったわ。

『この前のクリスマスカードのことなんだけど』

あたしはもう緊張のあまり（はい）と言うことさえできなくて、ただうなづくだけだったわ。

『僕のこと好きだって書いてあったけど、あれ本当？』

あたしは真っ赤になってうなづいたわ。

『実はさあ、久美ちゃんには悪いんだけど僕ほかに好きな子がいるんだ』

あたしは自分の耳が信じられなかったわ。だってあたし自分で言うのもなんだけど、男子のあいだで人気があったの知ってたし、この前もらったクリスマスカードのなかにも告白めいたのがたくさんあったし、生意気かもしれないけど彼ぐらい落とすの簡単だって思ってたのよ。だけど世の中うまくいかないものね。

気がついたら目からポロポロ涙がこぼれ落ちていて、彼がごめんねって言うと同時にあたしは走りだしていたわ。家に帰って階段を駆け登り、自分の部屋に入ると鍵をかけてワンピースにしわができるのもかまわずにベッドに倒れこんだわ。いつもならちょっと何かあるとすぐにどうしたの？　とか言ってくるお母さんも、その時ばかりはあたしをそっとしておいてくれたわ。

夜になっていいかげん心配になったのか、お母さんがご飯だけでも食べなさいって言ってきたの。あたしも家族に迷惑はかけたくなかったから無理して食べたわ。

また部屋に戻るとお腹が膨れたせいか、さっきよりは冷静になっていろいろ考えられるようになって、あたしもそれなりに反省したの。結局わかったことは、いくら好きでもどうにもならないときがあるってこと。そして恋はいつでも真剣勝負だってこと。

実地で得た結論に照らし合わせて、その日のあたしがまったく彼に自分の心のなかを伝えてなかったことに気づいたの。そこであたしは手紙を書いたわ。彼があたしに気がないことははっきりしていたから、手紙のなかであらためて告白はしたけど、それはあくまでも報告のため。だからその書き出しも……私はあなたが好きでした。でももう諦めました。ただ私の気持ちだけはちゃんと伝えたいので手紙を書きます。

ねえ信じられる？　小学校三年の女の子でも頭のなかはほとんど大人といっしょなのよ」

久美子さんはそう言って後ろを振り向きました。僕は久美子さんが乗ったスーツケースを両手で押しながら首を振りました。

「小学生にしちゃ、ちょっとマセてるね」

「不思議なことに手紙を出したら悲しみがすっかり消えてしまったの」

「ベストを尽くして負けたスポーツ選手といっしょだね」

「そう。悔いはなしってとこかしら」

「でもやっぱり、悲しい経験だよね」

「そうね。でもそれをきっかけにして、あたし恋に対してずいぶん強くなったわ。もちろん女の子がそういう意味で強くなるって、その子にとっていいことなのかどうかはすごく疑問なんだけどね」

「男はやっぱり素直な娘が好きだからね」

「でも素直じゃない娘にするのもやっぱり男なのよ」

「確かに。だから僕たち男は責任重大なわけだね」

「とにかくあたしが男の子に自分から告白したのはこのとき一回かぎり。もちろんそれからも好きな男の子は何人も現われたわ。でももう決して自分から好きだなんて言ったりしなかった。もちろん傷つくのは誰だっていや。でもあたしが受け身にまわったのはそのためだけじゃないの。だって恋って相手があってのことでしょ？　時には傷つくのも仕方がないの。それがいやなら最初から恋なんかしなければいいのよ。そうじゃなくて、あたしが向こうからアプローチしてくるのを待つことにしたのは、結局あたしから告白してつき合い始めたとしても、それは彼がただあたしに同情してくれたためだけかもしれないし、そうでないとしても、あたしが告白して彼がそれを受け入れたという形はいつまでもずっと消えないからなのよ。あたしはそういう成り行きでできたカップルなんて本物じゃないと思うの。もちろん世の中には女の子からアプローチしてつき合い始めて、そのまま結婚しちゃうケースもあるわ。あたしはそういう人たちを否定はしないけど、でもあたしは絶対にいや。確かに時にはシャイな男の子もいて自分からは何も言えなくて、女の子から後押ししなきゃ埒があかない場合もあるわ。でもそんな場合だって男だったら女の子の気持ちに気づいて、相手から言われる前に自分から言うべきよ。だってそれが男でしょ。だからあたしが一番嫌いなのははっきりしない男。こっちの反応見ながらこまかく打診してくる男。どんなに見た目がよくてもそれだけであたしはもうお断わり。男なら振られることを恐れないで君が好きだって言ってみなさいよって感じ」

「じゃあ僕が久美子さんにストレートにアタックしたのは正解だったわけだね」

「キミは特別よ」

「特別！」

「それよりキミは何かあるとすぐに泣くそのクセを直しなさい。女は誰だって決して男の涙なんか見たくないんだから」

「はい」

　来るときに二人でショーウインドーをのぞいた宝石店がちょうど閉まるところでした。店主がシャッターを降ろしながら不思議そうに僕たちを見ていました。

「でも久美子さんを振った奴がいたなんて僕は驚いたよ」

「驚くことないわよ。そんなにたいした女じゃないんだから」

「で、その男の子とはどうなったの？」

「どうなりもしないわよ。はた目にはそれまでといっしょ。ただの友達の関係。別に転校してどっかに行っちゃったわけでもないし、中学もいっしょだったから、結局高校に入るまでの六年間をクラスこそ違っても同じ学校に通ったわ」

「そういうことがあって彼と毎日顔を会わすのはつらくなかった？」

「ぜんぜん。さっきも言ったようにあたしはあたしなりにベストを尽くしたつもりだったから、さっぱりした気分だったわ」

「彼は久美子さんから告白されたことをまわりにいいふらしたりしなかった？」

「もちろんそんなことしないわ。そんなことするタイプだったら最初から好きになっていなかったと思う」

「確かに」

「結局それ以後は、あたしにとって恋とは男の子に告白することじゃなくて、好きになった男の子をどうやって自分のほうに振り向かせるかっていうテクニックの問題になってしまったの」

「なるほどね。でも久美子さんならほっておいても自然に男が集まってきたでしょう？」

「そうね。キミの前で謙遜しても仕方がないからはっきり言うけど、高校に入ってからは何人もの男の子に言い寄られたわ。同じ学校の男の子だけじゃなくて、学校帰りに駅のホームで知らない学校の男の子にも告白されたりしたわ」

「それでそのなかの誰かとつき合ったの？」

「ううん。誰とも」

「みんなタイプじゃなかった?」

「と言うより小学校の時からやってたバレエに本格的に熱中しだしたの。だから面倒臭い恋なんかしてる時間もなくなっちゃったのよ」

「もったいないなあ」

「そういう問題じゃないわよ」

「じゃあ初めて男とつき合ったのは大学に入ってから?」

「そう。バレエもあったし受験もあったから、大学に合格するまでは誰ともつき合わないって決めてたの」

「相手は同じ大学のひと?」

「そう。三年生の先輩。たまたま見に行ったラグビーの試合に出ていたうちの大学のラグビー部の主将。体はずんぐりしてるしガニ股だし、練習のとき顔面でタックル受けたせいで前歯がないし、見た目は最低なの。でもあたし一目見てこの人だって、そう思ったわ」

「なんかわかるような気がするよ」

「それであたしちょくちょく練習見に行ったり試合の応援に行ったりしたの。結局しばらくして向こうから映画に誘ってきて、それでつき合い始めたんだけど、そうなるまでにけっこう競争も激しかったのよ」

「そういう奴って思ったよりモテるんだよね」

「そう。見た目は悪いんだけど、とにかく男らしくてカッコいいの。ラグビー部にはチアガールの応援団もついてて、彼を狙っている娘は一人や二人じゃなかったから、あたしも苦戦したわ。なんて言ったってあたしと同じように彼の良さがわかる賢い娘たちが相手だから、みんな強敵なわけよ。結局彼はあたしを選んでくれたんだけど、こんな新入りのあたしがいきなり横から彼を取っちゃったんだから、きっとみんなくやしがったと思うわ」

「それで、その彼とはどうなったの?」

「もちろんずっとつき合ったわよ。しばらくすると彼は卒業して就職しちゃったから、それまでのようには逢えなくなっちゃったけど、それがかえって相手への想いを募らせる結果になったわ。結局彼はあたしが大学を卒業するのを待ってくれて、そして卒業すると同時に二人は結婚したの」

「えっ!　それじゃ、その彼が今のご主人なの?」

「そうよ」

「へえー。じゃあ結局彼が久美子さんの王子様だったわけだね」

「そうね」

「ハッピーエンドだね」

「まあね。その時はね」

「今は幸せじゃないの？」

「だって、もう一〇年近くもいっしょにいるのよ。幸せと言えば幸せだし、そうじゃないと言えばそうじゃないわ。まあ結局それは解釈の問題なんだけどね」

「そんなもんかなあ」

「そう。誤解するといけないから言っておくけど、別にケンカしてるわけじゃないのよ。浮気されてるわけでもないし。そういう意味で言うなら、今でもうちの人あたしを昔と変わらず愛してくれてるわ」

じゃあなぜ僕なんかと……そう言いかけて僕は思いとどまりました。それはたずねてはいけないことだし、それに僕たちの長かった夜の散歩も終わりに近づいていたからです。

気がつくと僕たちはマンションの前に辿り着いていました。

部屋に入ると僕たちはベッドに倒れこんでしばらくじっとしていました。

「なんか疲れたわね」

「でも、たまには歩かないとね」

壁の時計を見ると一〇時をすぎていました。こんなに長い時間を久美子さんといっしょにいるのは初めてでした。プールには遅刻をしたし、夕方にはりえに呼び出されたりしたけれど、それでももう八時間以上久美子さんといっしょにいるのです。それも耳をすませば規則正しい久美子さんの寝息が聞こえるほど近くに……寝息！

「久美子さん！　寝ちゃだめだよ」

「……ん？」

「ねえ、久美子さんってば」

「あら、ごめんなさい。寝ちゃったわ」

「あのねえ。夜はこれからなんだから」

「はいはい」

「久美子さん、もしかして寝てないの？」

僕は久美子さんが昼間も愛し合ったあと、ベッドのなかで眠ってしまったのを思い出しました。

「うん。ちょっと」

「少し寝る？」

「ううん、もう大丈夫。ねえ、シャワー使ってもいい？」

「もちろん。そうだ、お湯をためてあげるからちゃんと入ればいいよ」

「そうね。じゃあそうしようかしら」

僕はバスルームに行ってお湯の蛇口をひねりました。部屋に戻ると久美子さんがスーツケースを開けて、何かごそごそやっていました。やがて小さなビニール袋を取り出して久美子さんが言いました。

「水着を干すの忘れてた！」

そう言われて僕も忘れていたことに気づきました。僕はクローゼットからスポーツバッグを持ってくると濡れた水着を出してハンガーに掛け、いつもするようにダイニングとキッチンの境の桟にぶらさげました。久美子さんにもハンガーを渡すと、同じようにして僕の隣にぶらさげました。僕の水着も久美子さんの水着も黒なので、二つ並べて干すとお揃いのような感じがします。

「久美子さんのご主人は水泳しないの？」

「しないわ。うちの人は足のつく地面でしかスポーツができないのよ。もししてたらプールの帰りにキミとあたしがこうやって逢ったりできなかったはずよ」

「そりゃそうだ」

お湯が溜まったので久美子さんにお風呂に入ってもらいました。僕は部屋に戻ると何となく机に向かって腰かけました。でも何もすることがありませんでした。仕方なく僕は引き出しを開けて大学のレポートを取り出しました。昨日手直ししている途中で突然友人が訪ねてきたために中断してしまっていたので、その続きをやろうと思ったのです。

ところがページをめくってもぜんぜん文章が頭に入ってきません。理由は簡単です。久美子さんがお風呂に入っているからです。久美子さんのことが気になって心が落ち着かないのです。

久美子さんの入浴シーンを想像して落ち着かないのではありません。久美子さんがお風呂に入っているという、そのこと自体が僕の心を浮き立たせるのです。目の前にいないことによって、かえって久美子さんが僕の部屋に来ているのだということがよろこびと共に実感されるのです。

僕は仕方なくレポートをまた引き出しのなかに戻しました。

ふと僕は机の表面に目を止めました。昨日掃除したばかりなのでホコリも溜まっておらず、スタンドの明かりを曇りなく反射しています。ところが僕の潔癖症が頭をもたげます。心のなかに不快感が広がり始めるのです。すると雑巾がけをしたくてウズウズしてくるのです。

僕は少しのあいだ抵抗しましたが、結局誘惑に負けてキッチンに雑巾を取りにいきました。机の上をよく絞った雑巾で丹念に拭いているうちに、再び僕の心は平静を取り戻しました。もちろんそれが無意味な行動であることはよくわかっています。でも一日に一度は必ずその衝動に駆られるのです。

雑巾を片づけてくると僕は再び机に向かって腰かけました。それから先の行動は自分でもよく知っていました。僕はほとんど無意識のうちに机の一番下の引き出しを開けてミニアルバムを取り出していました。久美子さんが初めて僕の部屋に来たときに机のなかを物色して見つけだした、あのミニアルバムです。

アルバムを開くとスキーに行ったときの写真や飲み会のときの写真など、大学に入ってから撮った写真がたくさん並んでいます。でも僕の目的はそれらの写真ではなく、何気なく一番後ろにはさんである小学校の遠足のときの集合写真なのです。

「なぜ一枚だけ小学校のときの写真があるの？」

確か久美子さんはそう言いました。実を言うとその理由は僕にもわかりません。どんな経緯でそこにその写真が紛れ込んだのか僕にもわからないのです。そもそも僕はこのマンションに引っ越してきたときに、父からいつでもすぐに退去できるように必要最小限のものしか持ち込むなと言われていたのです。

それなのになぜ僕はこんなものを持ち込んだのでしょう？　あるいはその写真は僕にとって日常不可欠なものなのでしょうか？　確かに一日に一度は必ず行なわれる、雑巾がけから始まる一連の不可思議な行動（実は雑巾の絞り方から拭き方に至るまで細かく規定されているのです）の締めくくりとして、その写真は欠かせないものではあるのです。

久美子さんがお風呂から上がってくるのを待つあいだ、僕はいつもより長くその写真に見入ってしまいました。それは特別変わったところのある写真ではありません。小学校五年のときに遠足で千葉県のマザー牧場に行ったのですが、そのときに撮ったごく普通の集合写真なのです。

僕はその頃まだ身長が低かったので最前列でしゃがんでいます。僕の隣にはヒロ子ちゃんがいます。背景には緑の牧場と青い空が写っています。あまり上手な写真屋さんじゃなかったようで写真はちょっとぼやけています。でもよく見ればわかるはずです。僕とヒロ子ちゃんはひざの下で手をつないでいるのです。

ヒロ子ちゃんとは五年生の時に同じクラスになりました。この写真を撮ったのは五年生の夏でしたが、六年になってもクラス替えがなかったので、ヒロ子ちゃんとは小学校を卒業するまでの二年間、いっしょのクラスにいたことになります。

なぜ僕はヒロ子ちゃんと手をつないでいるのでしょうか？　もちろんそれはお互いに好意を持っていたからです。あの頃の言葉で言えば僕たちは両想いだったのです。

最初に相手を好きになったのはヒロ子ちゃんのほうでした。つまりヒロ子ちゃんが先に僕を好きになったのです。でもいろいろなことがあって、その写真を撮る頃には僕も同じくらいにヒロ子ちゃんのことが好きになっていました。

それでは僕はヒロ子ちゃんのどこが好きになったのでしょうか？　ヒロ子ちゃんの僕に対する片想いに同情して好きになってしまったのでしょうか？　あるいはもともとヒロ子ちゃんが僕の好きなタイプだったのでしょうか？

その正確な理由は僕にもわかりません。久美子さんが初恋の彼をなぜ好きになってしまったのかわからないように、僕もなぜヒロ子ちゃんを好きになったのかよくわからないのです。とにかく発端はその遠足に行く三ヵ月ほど前までさかのぼります。

ある日曜日に江戸川沿いの土手を走る市のマラソン大会がありました。小学生の部に僕は出場しました。大会の一週間前の朝に担任がその受付をしました。もちろん僕のクラスからは僕の他にも何人かの出場者がありました。

驚いたのはヒロ子ちゃんが申し込んだことでした。女子が出場すること自体は別に珍しいことではなかったのですが、何と言ってもヒロ子ちゃんの運動音痴はクラスでは誰一人知らぬ者はなかったのです。ヒロ子ちゃんは賢い子で勉強はいつも一番か二番でしたが、運動神経のほうは勉強とは正反対で下から一番か二番で、何やら怪しげな理由を作ってはしょっちゅう体育の授業も休んでいたのです。だからヒロ子ちゃんが申し込みをしたときにはみんなが一様に驚きました。

「お前、何考えてんの？」

「頭が狂ったんじゃないの？」

みんながヒロ子ちゃんを馬鹿にするなかで僕だけは黙っていました。それはこの数週間、いいえ厳密に言えば五年生になってからずっと、僕はヒロ子ちゃんの熱い視線を感じていたからです。

はっきり言って、僕はヒロ子ちゃんが嫌いではなかったけれど、特別好きでもありませんでした。だから何か魂胆がありそうなヒロ子ちゃんの出場は僕にすればちょっと不安な印象を与える行動なのでした。

やがて大会の朝がきました。僕はこの種の催しには全て参加していたので、いつものように母におにぎりを作ってもらって一人で自転車で会場に行きました。会場にはすでにクラスの友人たちが来ていました。

休日のせいか友人たちのほとんどには両親が応援について来ていて、本人が嫌がっているのも知らずにビデオを撮ったり、写真を撮ったりしていました。僕はそんな友人たちをからかいながらスタートの時間を待ちました。

ふと見ると一〇メートルほど離れた所にヒロ子ちゃんがいました。ヒロ子ちゃんも僕と同じように両親が応援に来なかったらしく、そのうえ女子の仲間からもはずれてしまっていて、一人で淋しげに体育座りをしているのでした。僕は何か声をかけようかと思いましたが、考えてみれば何も言うことはないのでやっぱりやめました。

やがてスタートの時が来ました。僕は友人たちといっしょに走り始めました。スタートの瞬間、僕は何となくヒロ子ちゃんを探したのですが、周りにはたくさんの小学生がいて、ヒロ子ちゃんがどこにいるのか見つけることはできませんでした。

しばらく僕は友人たちと話をしたり、冗談を言ったりしながら走りました。僕が得意なのは水泳だったので決してマラソンを馬鹿にしているわけではなかったけれど、やっぱりそれを水泳のためのトレーニングぐらいにしか考えていませんでした。だから最初から順位なんてどうでもよかったし、自分なりに適当に走ればそれでいいと思っていました。

僕としては友人たちのペースに合わせて走っているつもりでしたが、それでも時が経つほどに友人たちは言葉少なになり、呼吸も荒くなってきてやがて僕に向かって、俺たちはもうダメだから先に行ってくれと言い出すのでした。

もちろん僕も力尽きた友人たちにつき合うほどお人好しではありません。そこでもう少し真剣に走ることにしてペースアップしました。しばらく走って友人たちとどのくらい離れたか確認するつもりで後ろを振り返ると、彼らはもう影も形もありませんでした。そのかわりになんと僕の後ろにはヒロ子ちゃんがいたのです。

その時のヒロ子ちゃんの顔と言ったらとても言葉で表すことはできません。とにかく率直に言って（恐い）と感じたことだけは確かです。なにしろ運動音痴のヒロ子ちゃんなのです。僕はマラソンは決して得意分野ではなかったのですが、それでも人並み以上ではあると自負していたのです。その僕と同じペースで走るのは運動音痴のヒロ子ちゃんにとって死ぬほど苦しかったはずです。

ヒロ子ちゃんが何のつもりでそんな無茶なことをするのか僕にはさっぱりわからなかったし、わかりたくもありませんでした。ただヒロ子ちゃんが僕についてこようとしていることだけは間違いないようでした。

とりあえず僕はとても尋常とは思えないそのヒロ子ちゃんから逃げることにしました。彼女が出場の申し込みをした時に誰かが言っていた（頭、狂ったんじゃないの？）という言葉が脳裏をかすめました。

僕はペース配分を無視したダッシュをして差を広げようとしました。しばらくするとさすがに僕もいくらかへたばってしまい、いくら何でももうついて来ないだろうと思って後ろを振り返ると、五〇メートルほど遅れてはいるものの、それでもまだヒロ子ちゃんはついてくるのでした。そして遠目にではあるけれど僕は気づいてしまったのです。

ヒロ子ちゃんは泣きながら走っているのです。

だけど、それはもうひどい顔でした。だから僕はヒロ子ちゃんに少しも同情しませんでした。それどころかはっきり言って嫌悪感を感じました。

僕はとうとう本気でダッシュしました。その行為で僕はヒロ子ちゃんに自分の気持ちを表明するつもりでした。昨日まで僕はヒロ子ちゃんが好きでも嫌いでもありませんでした。でも今ははっきり断言できます。僕はヒロ子ちゃんが大嫌いです。

振り返ると少しずつヒロ子ちゃんとの距離がひらいていくのがわかります。もうすでにヒロ子ちゃんの走りはフォームもなにもなくなって、ただ手足を振り回しているだけのように見えます。しかもグチャグチャに泣きながら。

もうこれでヒロ子ちゃんも視界から消え失せるだろうという最後のところで、僕はもう一度だけ後ろを振り返りました。その時、もうほとんど小さな点にしか見えないヒロ子ちゃんがバッタリ倒れるのが見えました。

僕はそのまま走り続けました。

僕の目は前方だけをしっかりと見つめていました。早くゴールにたどり着いて水をガブガブ飲もう、それだけを考えていました。そして、そう考えながらもなぜか僕の脳裏からは倒れたヒロ子ちゃんの姿が消えないのでした。

僕は頭のなかからヒロ子ちゃんを追い出そうとしました。でもヒロ子ちゃんはじっとしてちっとも動きません。倒れたまま起き上がろうとしないのです。

なぜでしょう?

僕はいつか宿題を忘れた時にヒロ子ちゃんがノートを見せてくれたのを思い出しました。それから僕が風邪で休んだ時に家庭科で作ったクッキーを持ってきてくれたことを思い出しました。

なぜでしょう?

なぜ僕はそんなことを思い出すのでしょう? 確かに僕はヒロ子ちゃんに助けてもらったこともあるし、好意を示されたこともあります。だけどそれが今のこの状況と何の関係があるのでしょう?

でも僕の頭は思い出すことをやめません。教科書を見せてくれたこと。消しゴムを貸してくれたこと。僕が給食の牛乳をこぼしたときに誰よりも早く雑巾を持ってきて拭いてくれたこと。そして誕生日に高価なシャーペンをくれたこと……。

気がついた時には僕はUターンをしていました。なぜそうしたのか自分でもわかりません。体が勝手に動いてしまったのです。とにかく前触れなしのUターンだったので後ろから来たランナーとぶつかってしまいました。

「何してんだよ、バカ!」

「うるせえバカ!」

僕は全力疾走でヒロ子ちゃんのもとへ走りました。

ヒロ子ちゃんがころんだあたりに戻るとそこにはもうヒロ子ちゃんはいませんでした。僕はなぜかヒロ子ちゃんが倒れた状態のまま動けずにいると思っていたのでちょっと肩すかしをくらったような気がしました。でもよく考えてみればころんで動けない人がいたら誰かが助けるはずだし、そうでなければ自分で起きているはずです。

そこで周囲を見渡してみました。きっと近くにいるはずです。するとやっぱりヒロ子ちゃんはコースから外れたところで座って休んでいました。ヒロ子ちゃんの隣にはもう一人女子がいて、よく見ると僕たちと同じクラスの女子でした。きっと彼女がヒロ子ちゃんを助け起こしたのでしょう。近づくと（あんまり無理しないほうがいいよ）なんて言ってなぐさめているのが聞こえました。

ヒロ子ちゃんは僕の姿に気づくと驚いたようでした。きっと僕が戻ってくるとは思わなかったのでしょう。全身汗だくでシャツまでびっしょりのヒロ子ちゃんは赤く上気した顔をしていて、ハタ目には泣いているようには見えません。

「ヒロ子ちゃん大丈夫？」

声をかけるとヒロ子ちゃんは小さくうなづきました。でも隣の彼女が言いました。

「大丈夫じゃないよ。この子、ころんで足をくじいたんだよ。あんなにムキになって走ることないのに。たかがマラソンなんだから。ころんで怪我したらなんにもならないよ」

「歩ける？」

僕がたずねるとヒロ子ちゃんは何も答えずにうつむいてしまいました。

「おんぶしてやるよ」

僕はしゃがんでヒロ子ちゃんに背を向けました。でもヒロ子ちゃんはうつむいたまま黙っているのでした。

「ねえヒロ子、おんぶしてもらいなよ」

僕は片ひざをついたままじっと待っていました。するとヒロ子ちゃんはそっと遠慮がちに僕の背中におぶさってくるのでした。

僕たちはすっかりコースを走るランナーたちの注目を集めていました。

「悪いけど、あたしは先に行くからさ。この子は頼んだよ」

ヒロ子ちゃんを助けた彼女が言いました。

「でもさ、もしこの子あのまま行けてたら、きっと女子の部で入賞してたね。あたしはマラソン得意だけど、ヒロ子があんなに早いとは思わなかったよ」

ヒロ子ちゃんをおんぶして歩き始めると、後ろからさっき脱落した友人たちが追いついてきました。彼らは僕を取り囲んではやしたてました。

「合体してる！　合体してる！」

「うるせえバカ！　殺すぞ！」

みんな僕たちを追い抜かしていきました。気がつくと周囲にはもう誰もいませんでした。一番後ろから来たのは大会の監視員でした。

「その子ケガしたの？」

「ちょっとくじいただけです」

「救護車に乗って行く？」

「大丈夫です」

やっとゴールしたときにはマラソン大会はすでに終了していて、参加者はみんな三々五々に散らばってお昼を食べているのでした。僕は自転車のハンドルに引っ掛けておいたスポーツバッグを取ってきておにぎりを出しました。

「ヒロ子ちゃん、昼ごはん持ってきた？」

ヒロ子ちゃんは黙って首を振りました。そこで僕はおにぎりを一つあげることにしました。一つと言っても僕のおにぎりは特大なので女の子ならそれで充分足りるはずです。ヒロ子ちゃんはその特大おにぎりをリスのように両手で持って食べるのでした。

「これって、すごく大きいね」

「うん。うちのババアはいつもこうやって手抜きをするんだよ。中身もたぶん梅干しだよ」

「ハハハ」

「ところでヒロ子ちゃん。今日のマラソンのこと家のひと知ってるの？」

「知らない」

「言わなかったの？」

「うん」

「なんで？」

するとヒロ子ちゃんはうつむいてポッンと言うのでした。

「言いたくなかったから」

「ふーん」

「あっ、シャケが入ってた」

「うわ、本当だ。ちきしょう、やりやがったなクソババアめ」

僕のほうはいつもと同じ梅干しなのでした。

それから僕はヒロ子ちゃんを自転車の後ろに乗せて家まで送ってあげました。ヒロ子ちゃんの家は大きな家でした。お父さんは何をやってる人かとたずねたら、ヒロ子ちゃんはサラリーマンと答えました。家にあがるようにとヒロ子ちゃんは言いましたがヒロ子ちゃん家の人に挨拶するのが面倒臭かったので僕は辞退しました。

「じゃあまた」

そう言って自転車をこぎだそうとするとヒロ子ちゃんが僕を呼び止めました。

「なあに？」

「……ありがとう」

夜になって夕食を食べて、二階の自分の部屋でゴロゴロしていると階下でチャイムの音が鳴りました。誰が来たのだろうと思っていると母が上がってきて言いました。

「＊＊さんが来たわよ」

急いで降りて玄関に行くとヒロ子ちゃんがいてニッコリ笑って僕にお辞儀をしました。ヒロ子ちゃんはお父さんといっしょに来たのでした。

「うちのヒロ子がたいへんお世話になったそうで」

ヒロ子ちゃんのお父さんはヒロ子ちゃんにはぜんぜん似てなくて、がっしりしたギャングのボスみたいなおじさんでした。ヒロ子ちゃんはサラリーマンだって言ってたけれど、サラリーマンでもきっとヒラではなく、課長とか部長とかのエライ人なのでしょう。とにかく僕は緊張してしまい（いいえ）とか（はあ）とかしどろもどろな返事しかできませんでした。

「うちの娘は本当に運動音痴なもんですから……それが何でまたマラソン大会なんかに……しかも親には何も言わずに……」

大男のおじさんが子供の僕にペコペコ頭を下げているのにヒロ子ちゃんはその後ろでニコニコしながら舌を出して僕を見ています。

「いま医者に見せに行って来たんですが、軽い捻挫だというので少しほっとしたところなんです。とにかくおっちょこちょいな娘なもんですから、もし迷惑でなかったら、これからもどうか面倒見てやって下さい」

「いいえ、こちらこそ、うちのバカ息子みたいなのが……」

母も僕と同じように緊張しているようでした。

ヒロ子ちゃん親子が帰ると、僕と母は居間のソファーに座り込んでため息をつきました。うちの家族はこんな些細なことでもすぐに疲労してしまうのです。

「でも今の子、可愛い子じゃない」

「たいしたことないよ」

「そーお？　本当はあの子が好きなんじゃないの？」

「バーカ」

「それより……ねえ、それナマ物だからいま食べちゃったほうがいいわよ」

テーブルの上には菓子折りが置いてあります。ヒロ子ちゃんのお父さんが（これ、つまらない物ですが）と言って置いていった物です。包装紙を見れば駅前の有名なケーキ屋さんで買ってきた物だとすぐにわかります。小さいケーキがほんの五、六個しか入ってないのに三〇〇〇円近くもするのです。だから母の目がさっきからギラギラしているのもわからなくはないのです。

「僕はお腹がいっぱいだからいいよ。全部あげるよ。本当は自分が食べたかったんでしょ！」

翌日学校に行くと、教室の黒板に大きなあいあい傘が描かれていました。そこに書いてあった名前は言うまでもありません。僕は遠巻きにニヤニヤしながら見ている昨日の友人たちを追いかけて捕まえ、ヘッドロックとコブラツイストと卍固めをかけてやりました。ヒロ子ちゃんが来る前に消してしまおうと思って黒板に向かって歩いて行くと、なんとヒロ子ちゃんはもう来ているのでした。しかも何事もないような顔をして授業の予習をしているのです。

「お前も消せよ」

するとヒロ子ちゃんは澄ました顔で言うのでした。

「あたしは別にいいもん」

それを聞いてさっきの友人たちが懲りもせずに口笛を吹きならしました。しかもそれをいつまでも止めないので最後にはクラス中の大喝采になってしまいました。やがて先生が来て騒ぎはおさまりましたが、今度は黒板を見た先生のほうが僕とヒロ子ちゃんをからかい始めたのです。

「なんだ、**と**は婚約したのか。まったく最近のガキはマセてるなあ。オレなんかまだ独身なんだぞ。誰かオレの嫁さんになってくれえ」

「やだー、最低」

女子が大合唱します。

「よーし、わかった、わかった。静かにしろ！　もう授業を始めるぞ」

そう言って先生はやっと黒板のイタズラ書きを消し始めるのでした。

それ以来、僕とヒロ子ちゃんは公然のカップルになってしまいました。もともとはヒロ子ちゃんのほうが僕に片思いしていたのですが、しばらくすると僕も何となくヒロ子ちゃんが好きになっていました。ヒロ子ちゃんはとにかく勉強ができる子だったので、それだけでもつき合う価値はあったのです。事実、僕はヒロ子ちゃんとつき合い始めてから学校の成績が少し上がりました。

僕たちは勉強会という名目でお互いの家を行き来するようになりました。名目だけではなく、実際に僕たちはまじめに勉強をしていましたが、家の人が買物などに出かけていなくなると、ときどきゲームをしたり、歌謡曲のCDを聞いたりもしていました。僕が初めてキスをした相手はこのヒロ子ちゃんです。場所はヒロ子ちゃんの部屋でした。すごく緊張していたので細かいことはよく憶えていませんが、ただヒロ子ちゃんが微かに震えていたことだけは憶えています。

それからまもなく遠足がありました。場所は千葉県のマザー牧場でした。僕たちの住んでいるところがすでに千葉県なので、マザー牧場なんかに行くのは近所を散歩するのとたいして変わりがなく、最初のうちはみんなでブーイングの嵐でしたが、それでもいざ当日になってみるとそれぞれがウキウキした顔をしているのでした。

バスに乗り込んで適当な場所を見つけて座ると、隣に友人が来て座りました。すると別の友人がその友人に言うのです。

「そこはダメだよ。ヒロ子が座るんだから」

「そっか、そっか。ごめん」

「おーいヒロ子。早く来ないと他の奴に席を取られちゃうぞ」

ヒロ子ちゃんが僕の隣に来ました。つい何日か前に初キッスをしたばかりなので、僕たちは顔を合わすのがちょっと照れ臭い感じでした。

マザー牧場に着いてからも僕とヒロ子ちゃんはいっしょに行動しました。もう二人きりで歩いていても、誰もはやしたてたりしません。

その日のヒロ子ちゃんは真っ白なブラウスにムギワラ帽子というスタイルでした。そのブラウスはそれまでに見たことがなかったので、たぶんその日のために買った物なのでしょう。

「ねえヒロ子ちゃん」

「なあに」

「いきなり変なこと聞くようだけど」

「うん」

「僕さあ、ヒロ子ちゃんに好きだって言ったことあったたっけ?」

す。

「ないよ」

僕たちのまえには見渡すかぎり緑の草原が続いていました。頭上には青い空が広がっていま

「ヒロ子ちゃん」

「なあに」

「好きだよ」

「ありがと」

女は恋をすると美しくなるといいます。それは本当です。そのときのヒロ子ちゃんはそれまでに見たなかで一番可愛いくて素敵なヒロ子ちゃんでした。いいえ、可愛いと言うよりハッキリ言って輝いていました。他人が何と言おうと僕にはそう見えました。

「おーい」

やがて先生の呼ぶ声が聞こえてきました。

「写真を撮るから集まれ！」

どこからともなく湯上がりの石けんの香りが漂ってきます。振り返ると久美子さんが僕の手

にしている写真を肩越しにのぞき込んでいました。

「久美子さん、いつのまにお風呂から上がったの？」

「もうとっくによ。キミが真剣に何か見ているから声をかけられなかったのよ。ラブレターでももらって読んでいるのかと思ったわ」

「ハハハ。まさか」

「それ小学校のときの写真でしょ？」

「そう」

「そのなかに初恋の子がいるのね」

「まあね」

「教えなさい、どの子？」

「知りたい？」

「知りたい。そう言えば、このまえ同じこと聞いたとき、長くなるから別の機会に話すって言ったわよね。いま話してよ」

「本当に長いよ」

「いいわよ。聞こうじゃないの」

久美子さんはそう言って腕組みをすると、湯上がりの上気した顔を僕に近づけました。

僕はマラソン大会からマザー牧場での記念撮影までに至る、ヒロ子ちゃんとのいきさつを久美子さんに話しました。

「なるほど、そういうことだったの。でも小学校五年でキスしちゃうなんて、ちょっとマセてるわね」

「こう見えても、やる時はやりますから」

「それで、その子とはどうなったの？」

「最初に言ったように六年になっても同じクラスだったから、小学校を卒業するまでずっといっしょだったよ」

「そうじゃなくて、そのあともずっとつき合ったの？」

「実は……それがね」

「別れちゃったの？」

「簡単に一口では言えないんだよ」

「つまり、そこからが長いわけね」

僕とヒロ子ちゃんは勉強会という名目でお互いの家でデートを重ねました。何しろ家族公認なので堂々と二人きりで逢うことができたわけです。もちろん遊んでばかりいたのではありません。勉強だってちゃんとやっていました。僕の母はよくヒロ子ちゃんに言ったものです。

「ヒロ子さんのおかげでうちの子もずいぶん成績が上がったのよ。親といっしょでうちの子は頭のできが悪いから、ヒロ子さんみたいな勉強のできる人が友だちになってくれると本当に助かるわ。これからもずっと仲良くしてね。そうだわヒロ子さん、このままうちの子のお嫁さんになっちゃいなさいよ。ね、いいでしょ？」

するとヒロ子ちゃんは真っ赤になってうつむいてしまうのでした。

「何言ってんだよ。バカ」

ヒロ子ちゃんに勉強を教えてもらう代わりに、僕はヒロ子ちゃんに水泳を教えてあげました。運動音痴のヒロ子ちゃんはまったくのカナヅチだったので、まず近くの市民プールに行って水に慣れることから始めなければなりませんでした。それでも水泳の基本である背泳ができるようになるまでにたいして時間はかかりませんでした。

まもなくヒロ子ちゃんは僕と同じスイミング・スクールに通い始めましたが、ほんの三ヵ月ほどでほとんどの泳法をマスターしてしまいました。ゆっくりなペースならば遠泳もできるようになりました。頭がいいので飲み込みも早いのでしょう。それにマラソン大会のときの走りでもわかるように、本当は決して運動音痴なわけではないのです。要するにヤル気の問題だったのです。

「おかげで、うちのヒロ子もすっかり丈夫な子になったわ。この前も体育の授業を休まないで出るようになったって先生に褒められたのよ。これからもよろしく頼むわね。そうだわ、ついでだからこの子をお嫁さんにもらってくれない？　そうすればうちとしても早く片づいて助かるわ」

そう言われると僕もヒロ子ちゃんと同じように照れてしまいます。

いつのまにか僕とヒロ子ちゃんは家族ぐるみのつき合いになっていました。最初のうちは暗くなる頃には自分の家に帰ったものでしたが、夕食を食べていくように勧められてごちそうになることが多くなりました。

「今日はスキヤキだから食べていってね。お肉たくさん買ってきたから。おうちの人が心配するといけないから今のうちに電話しておきなさい、いいわね。ねえヒロ子！　あんたはちょっとこっちにきて手伝いなさい！」

僕は言われた通りに家に電話します。すると母に怒鳴られます。

「あんた、いい加減にしなさいよ。この前もごちそうになったばかりでしょ」

母が本気で怒っているわけではないことがわかっているので、僕の返事はとても事務的です。

「はいはい、ごめんなさい」

「あんたはもういいからヒロ子ちゃんのお母さんと替わりなさい」

僕と替わったヒロ子ちゃんのお母さんは電話に向かって深々とお辞儀をします。

「いいえ、とんでもございません。こっちが勝手に引き止めたんですから」

僕の母もヒロ子ちゃんのお母さんと同じように電話の向こうでペコペコ頭を下げているはずです。見なくてもその姿がはっきりと目に浮かびます。

ヒロ子ちゃんの家で夕食をごちそうになっても家族全員が揃っていることはまずありません。ヒロ子ちゃんにたずねたらおじさんはいつも帰りが遅いそうで、家では夕食を食べないそうです。それからヒロ子ちゃんには高校生のお姉さんがいるのですが、やっぱり部活や塾なんかで忙しいらしく、ほとんど見かけることはありません。つまりヒロ子ちゃんの家で夕食を食べるということは、ヒロ子ちゃんとヒロ子ちゃんのお母さんと僕の三人で食べるということなのです。

そんなふうにしてヒロ子ちゃんの家で夕食をごちそうになった次の日には、必ず母が僕に菓子折りを持たせてヒロ子ちゃんのお母さんに届けるように言います。すると僕はヒロ子ちゃんの家に行かざるを得ません。たとえその日がデートの約束をしていないとしてもです。

「とにかく上がってよ。二階にヒロ子がいるから、上に行って待ってて。今お茶を持って行くから」

ヒロ子ちゃんのお母さんにそう言われて僕はまた上がり込んでしまいます。ヒロ子ちゃんも特に驚いたような顔はしません。

「なんか来るような気がしてた」

しばらくするとヒロ子ちゃんのお母さんが上がってきます。二人ぶんのお茶とケーキを置いていってくれます。ケーキは僕がさっき母に頼まれて持ってきた物です。

「あたし、このケーキ大好き！」

例の駅前のケーキです。普段はケチな母もヒロ子ちゃんの家に届ける物に関しては大奮発するのです。

おやつのあとはもちろん勉強です。取りあえずその日の宿題をやります。その頃にはヒロ子ちゃんのおかげで僕もだいぶ勉強ができるようになっていました。二人で分担してやれば宿題なんかあっという間に終わってしまいます。

「ねえ、アレしない？」

両腕を広げて伸びをする僕に、ヒロ子ちゃんが甘えるような声で言います。

「アレ？」

「うん」

「今？」

「やだ？」

「別にいいけど。でもヒロ子ちゃんのお母さん、まだ下にいるんでしょ？」

「平気よ。ね、しよ」

「うーん、わかったＯＫ」

ヒロ子ちゃんはベッドの下からやりかけのジグゾーパズルを引っ張りだします。それは僕たちがもう一ヵ月以上かけて取り組んでいる一五〇〇ピースの大作です。完成すれば大きな画面いっぱいに幻想的な宇宙空間が現われるはずなのですが、まだその四分の一もできていません。実を言うとそのジグゾーパズルは先月のヒロ子ちゃんの誕生日に僕がプレゼントした物なのです。

「ねえ、そこ違ってるわよ」

「これでいいんだよ」

「違うってば」

僕はジグゾーパズルをプレゼントしたことを少し後悔しています。やっぱり万年筆にしておけばよかったと思います。

ふと気づくとヒロ子ちゃんが人差し指を唇に当てています。

「しっ！」

次の瞬間ヒロ子ちゃんは目にも止まらぬ早ワザでパズルをベッドの下へ押し込んでいました。

同時に部屋のドアが開きました。

「もうお茶なくなっちゃったでしょ？」

ヒロ子ちゃんのお母さんが紅茶を入れて持ってきてくれたのでした。ポットからカップに注ぎながらお母さんが僕に言いました。

「夕ご飯、食べていってね」

僕は心臓がドキドキしてすぐに返事ができません。

「……でも、昨日もごちそうになったばかりだから」

「子供はそんなこと気にしなくていいの。わかった？　お母さんにはもう電話しておいたから」

「どうも、すいません」

「それより、あんたたち」

ヒロ子ちゃんのお母さんが立ち去りかけて振り向きました。

「勉強ばっかりしてないで少しは息抜きもしなさい」

お母さんが行ってしまうと僕はほっとため息をつきました。

「ねえヒロ子ちゃん。やっぱりお母さんがいるあいだはちゃんと勉強しようよ」

「なにビクビクしてんのよ。大丈夫よ。さ、続き、続き」

そう言ってヒロ子ちゃんはまたベッドの下からパズルを出そうとします。

「だめだってば」

「いいじゃない」

「絶対だめ。やるなら一人でやって。僕はもう帰るから」

「臆病者」

「そういう問題じゃないよ」

するとヒロ子ちゃんはほっぺたをプーッと膨らませてしぶしぶ問題集を開くのでした。

僕は勉強の用意をしてこなかったのでヒロ子ちゃんの教科書を借りて勉強をします。ヒロ子ちゃんと僕とでは学力が違うので、勉強と言っても同じことをやるわけではありません。私立の中学を受験する予定のヒロ子ちゃんは志望校の入試問題集、僕は学校でその日習ったことの復習をやるのです。解らないことがあったらヒロ子ちゃんに聞きます。それがいつもの僕たちの勉強会のパターンでした。

ヒロ子ちゃんのお母さんはそんなに勉強ばかりしなくてもいいと言います。でも僕がヒロ子ちゃんの家に自由に出入りできるのも勉強という名目があるからです。だから少なくともヒロ子ちゃんの家族の前ではちゃんと勉強をするようにして、信頼を失わないようにしなければなりません。実際ヒロ子ちゃんにとっては僕といっしょに勉強しても何のメリットもないのですから、せめて遊びの時間を減らしてヒロ子ちゃんの足を引っ張らないようにしなければならないわけです。

「しっ」

またヒロ子ちゃんが人差し指を唇に当てました。まもなくドアが開きました。

「ねえヒロ子、ちょっと買物に行ってくるから。二人で留守番しててね」

「うんわかった。今日のご飯なあに?」

「そうね。何にしようかしら」

今度は僕も慌てません。お母さんに軽く会釈してそのまま勉強を続けます。ヒロ子ちゃんも会話しながら問題集を続けます。

「それじゃあ頼むわね」

お母さんが行ってしまっても僕たちは黙って勉強を続けます。でもそれは外見だけで、二人の注意は階下に向けられています。しばらくすると玄関のドアの閉まる音がしました。お母さんが買物に出かけたのです。

僕はヒロ子ちゃんを見ました。ヒロ子ちゃんが僕にウインクしました。

「行っちゃったよ」

「みたいだね」

「さ、やろ」

ヒロ子ちゃんはまたパズルを出します。僕たちはビニール袋のなかから手づかみで破片を取り出します。完成図を参考にして大ざっぱに色分けし、その中にすでにでき上がっている部分につながるものがあるかどうか探すのです。一ヵ月以上かかって大きな画面上にやっと土星の輪の一部と巨大な木星の一部が現われてきたところです。

僕は選んだ破片をあちこちにあてがってみながら、前から疑問に思っていたことをヒロ子ちゃんにたずねます。

「ねえヒロ子ちゃん。なんでお母さんが上がって来ることわかるの？　僕には何にも聞こえないんだけどさ」

するとヒロ子ちゃんは作業に熱中しながら澄まして答えました。

「そりゃ、女のカンよ」

ヒロ子ちゃんはお父さんにはぜんぜん似てなくて、はっきり言ってお母さん似です。お母さんも小さい頃はヒロ子ちゃんのようにマセていたのでしょうか？

「あたし、もう疲れちゃった」

やがてヒロ子ちゃんは仰向けに倒れてため息をつきました。その姿勢のまま手に持っている破片をビニール袋の中に戻します。袋の中にはまだ一〇〇〇ピース以上の破片が残っています。確かにジグゾーパズルというのは大変に人を疲れさせるモノです。

「少し休憩しようか？」

僕は冷たくなった紅茶を一口飲んで言いました。

「うん」

ヒロ子ちゃんは起き上がると冷めた紅茶には手をつけないで、机の引き出しから小さな缶カラを取り出します。その中には色とりどりのキャンディーが入っています。包装紙をむいて可愛い口に放り込むと、僕にも一つくれました。

「ありがと」

「ねえ」

「何？」

「ＣＤ聞かない？」

「いいけど、買ったの？」

「買ってない。お姉ちゃんの借りてくる」

「お姉ちゃん今いるの？」

「いないよ」

「じゃあダメだよ。勝手に借りたらまた怒られるよ」

「大丈夫、大丈夫。今日は部活も塾も両方あるから九時すぎないと帰ってこないよ」

「そういう問題じゃなくて……」

ヒロ子ちゃんは僕の意見を聞かずにヨイショとかけ声をかけて立ち上がると、部屋を出ていきます。しばらくすると両手にたくさんのＣＤを抱えて戻ってきます。

「どれ聞こうか？」

ヒロ子ちゃんはＣＤをフローリングの床にばらまいて、ひとつひとつ物色します。

「これ知ってる？」

ヒロ子ちゃんが楽しそうに僕に聞きます。

「知らない」

「知らないの？　これ今流行ってんだよ。この前もテレビに出てたじゃない」

「見てない」

僕はヒロ子ちゃんのお母さんの信頼を失わないように気をつけています。それはヒロ子ちゃんのお姉さんに対しても同じです。ＣＤを持ち出すのはヒロ子ちゃんでも、いっしょに聞けば僕も同罪なのです。

僕は知らないうちに不機嫌な顔をしていたようです。見るとヒロ子ちゃんがまたほっぺたをプーッと膨らませています。

「もういい！　返してくる」

ヒロ子ちゃんがとうとうヘソを曲げてしまいました。仕方なく僕は謝ります。

「わかったよ。ごめん、ごめん」

いつのまにかヒロ子ちゃんの目から涙がポロポロこぼれ落ちています。

「でも本当に帰ってこない？」

「大丈夫だって言ってるじゃない！」

ヒロ子ちゃんの涙声が静かな家の中に響き渡ります。

「わかったよ、ごめん」

僕はヒロ子ちゃんのそばへ行ってなぐさめます。それでもヒロ子ちゃんは泣き止みません。

仕方なく僕はヒロ子ちゃんが選んだＣＤをステレオにセットします。

やがてアップテンポのラブソングが流れてきます。どこかで聞いたことがあるような曲です。

僕はヒロ子ちゃんの肩をそっと抱き寄せます。

「ごめんね」

ヒロ子ちゃんは小さくうなづきます。

そのまま僕はヒロ子ちゃんにキスします。ヒロ子ちゃんはじっと僕のキスを受けとめます。

初めての時のようにもうヒロ子ちゃんは震えたりしません。今日のヒロ子ちゃんのキスはレモンのキャンディーの味がします。

ＣＤが終わるとまた新しいのをかけます。僕たちはそのままお母さんが帰ってくるまで寄り添っています。飽きずにいつまでもキスしたり見つめ合ったりしているのです。

「ちょっと危ない雰囲気になってきたわね」

久美子さんが言いました。

僕も久美子さんももう寝巻に着替えています。ルームライトを消してベッドの明かりだけにして、二人仲良く毛布にくるまっているのです。久美子さんは相づちをうちながら僕の話に耳を傾けています。

「二人とも初めての経験だったから、ただもう夢中だったんだよ」

「でも親も親なんじゃない？　二人きりにするなんて」

「まだ子供だと思って安心してたんだよ」

「キミがそんな女たらしだとは夢にも思わなかったわけね」

「女たらし！」

「とにかくそうなるともう、どこまで行くかわからないって感じよね」

僕たちはお母さんがいるあいだはおとなしく勉強をして、いなくなるとキスをしたり抱き合ったりするという（勉強会）を続けました。

小学校の五年生というと精神的にも肉体的にも個人差が激しい年令です。胸も立派に膨らんでほとんど大人と変わらない体型の女子が少女漫画を読んでいるかと思えば、そのとなりで低学年と間違われそうな小さな男子が辞書を片手に英字新聞を読んでいたりするのです。そういう意味で僕たちは特に進んでもいないし遅れてもいない普通の五年生だったと思います。

その普通の僕たちがたまたま二人きりになれる状況を与えられただけなのです。だからキスしたり抱き合ったりはしても、すぐにそれより先の段階に進むようなことはなかったし、その必要もなかったのです。僕たちはほんのちょっと大人のマネをするだけで満足していたのです。

でも、そんな子供らしい愛情表現も回数を重ねるうちにだんだん習慣化してしまいます。初めてキスした時には震えていたヒロ子ちゃんも、あまり恥ずかしがらなくなりました。時には自分から求めたりするようにもなりました。

「ねえ、大人のキスのやりかた知ってる？」

ある日、ヒロ子ちゃんが言いました。僕が黙っていると続けて言います。

「舌を入れるんだよ」

どこからそんな知識を仕入れてきたのか、ヒロ子ちゃんは得意気な顔をしています。僕はそのことは知っていました。高校生の兄がベッドの下に隠している雑誌に書いてあったし、テレビでもときどき舌を入れるキスはやっているからです。

「して」

ヒロ子ちゃんが甘える目で僕を見ました。仕方なく僕はやってあげました。知識としては知っていても、実際にやるのは初めてなのでちょっと緊張しました。

そっと肩をつかんで引き寄せると、ヒロ子ちゃんはもう目を閉じています。僕はゆっくりとヒロ子ちゃんにキスしました。ここまではいつもといっしょです。もうすっかりキス慣れしているヒロ子ちゃんも、今日は僕と同じように少し緊張しているようです。

僕はゆっくりと舌を入れました。するとヒロ子ちゃんの舌が迎えてくれました。ところが舌の先どうしをくっつけたまま、二人の動きが止まってしまいました。緊迫した時間が流れていきます。

そのままじっとしていても仕方がないので、僕は舌先を少し動かしてみました。すると、それに答えるようにヒロ子ちゃんも舌を動かしました。さらに僕が動かすとすぐにまたヒロ子ちゃんも動かします。

だんだん舌の動かし方が派手になってきて、やがては舌で鬼ごっこでもしているような感じになってしまいました。僕はそっと薄目を開けてヒロ子ちゃんを見てみました。するとヒロ子ちゃんは真っ黒な瞳を大きく開けて、数センチと離れていない所から僕を見ているのでした。

「ハハハ」

「ハハハ」

僕たちはお腹を抱えて笑いだしてしまいました。

「なんか変だね」

「絶対に変だよ」

それでも何回かするうちに舌を入れるキスにも違和感がなくなりました。

僕たちが新しい段階に進む時にそれを提案するのはいつもヒロ子ちゃんでした。もちろん僕にも好奇心はありましたが、自分から言い出すのは照れ臭かったし、それに心のどこかで不安を感じてもいたのです。ヒロ子ちゃんのお母さんに見つかったら、きっと大変なことになるだろうし、そうなるとヒロ子ちゃんともこうして逢うことができなくなってしまうからです。

つまり僕は罪悪感に苦しめられていたのです。僕にはヒロ子ちゃんとキスしたり抱き合ったりするのが悪いことだとわかっていたのです。なぜそれが悪いことなのかはわかりません。でもとにかく悪いことには違いないのです。

ところがヒロ子ちゃんは僕ほどには罪悪感を感じていなかったようです。やっぱりいざとなると女の子のほうが度胸がいいのでしょうか？　今日もまたヒロ子ちゃんは新たな提案をします。

「ねえ、ベッドの上でしようよ」

いつものようにキスしようとする僕を押しのけてヒロ子ちゃんが言いました。

「ベッドの上？」

「そう、ベッドの上。大人はみんなそうするのよ」

僕の返事を待たずにヒロ子ちゃんはベッドに上がって仰向けに寝てしまいます。すると僕はまた戸惑ってしまいます。大人がそうするのは僕だって知っています。テレビではほとんど毎日やっています。けれど、だからと言ってそれを僕たちがやっていいわけではありません。僕たちはまだ小学生なのです。それでもヒロ子ちゃんに誘われると僕の心のなかに、ベッドの上で思い切りヒロ子ちゃんを抱きしめたいという思いも募ってくるのでした。

どっちつかずの僕をヒロ子ちゃんがせかします。

「ねえ早く」

とりあえず立ち上がったものの、ベッドに行く勇気のない僕は苦しまぎれにヒロ子ちゃんの机の引き出しを開けてキャンディーの缶を取り出します。僕の行動をヒロ子ちゃんは仰向けに寝たまま横目で追います。

「勝手に開けないでよ」

僕は聞こえない振りをしてキャンディーを一つ口に放り込みます。

「聞こえてるクセに」

すると僕の足は反射的にベッドに向かいます。けれども上には上がらず、そのまましゃがみこんでしまいます。僕は無意識のうちにベッドの下からパズルを引っ張りだしています。そんな僕にヒロ子ちゃんは横目で冷たく言い放ちます。

「臆病者」

臆病者、それが僕を全ての障害から解き放つキーワードでした。気がつくと僕はベッドの上で思い切りヒロ子ちゃんを抱きしめていました。抱きしめながらヒロ子ちゃんの口のなかに自分の舌を押し込んでいました。

さらに気づかないうちに僕はヒロ子ちゃんの胸を手のひらでさすっているのでした。その行為がテレビから得た知識によるものか本能によるものか自分でもわかりません。ただ、とにかくヒロ子ちゃんの呼吸が異常に荒くなっていたことだけは憶えています。

このとき異性との接触によって起こる体の反応と言うか変化は少なくとも僕にはありました。確かめたわけではないけれど、きっとヒロ子ちゃんにもあったのだと思います。


「いよいよ、くるところまできたわね」

久美子さんが言いました。

久美子さんは僕に腕まくらをしてもらいながら話を聞いています。

「そう、心ならずもね」

「心ならず?」

久美子さんが不審そうな顔で僕を見ました。ベッドの明かりだけなので久美子さんの顔に濃い陰影ができています。

「確かに誘ったのはヒロ子ちゃんだったし、僕も内心ではそうしたいと思っていたよ。でも今から考えると、あの頃の僕たちは僕たちの意志とは無関係に何か別の力によって動かされていたような気もするんだ」

僕はそう言いながら、久美子さんの寝巻の胸元に手を入れて乳房に触れました。久美子さんは僕の手の上に自分の手を重ねます。

「動物的な本能で行動してたってこと？」

「そこまでは言わないけど、でも少なくともはっきりとヤリたいとか、したいとか意識してたわけじゃなかったよ」

僕はそう言いながら久美子さんの乳首をつまんで軽く引っぱりました。すると久美子さんは体をピクっと震わせました。

「ねえキミ。これも心ならず？」


五年生も終わりに近づいたある日です。

最後の授業が終わる頃から雪がちらつき始めました。もう三月に入っていたのでみんな少なからず驚きました。

「雪だ、雪だ」

「雪が降ったくらいで騒ぐな！」

先生が怒ります。朝から寒いとは思っていたけど雪になるとは思わなかったので、僕も少し変な気分で窓の外を眺めます。灰色の空からわたのような雪が際限なく落ちてきます。校庭がみるみる白くなっていきます。

不意に後ろから背中を叩かれます。

振り向くと後ろの席の女子が僕に小さく折りたたんだ紙切れを差し出しています。きっとヒロ子ちゃんからの手紙です。

僕は渡してくれた子にお礼を言います。彼女は返事の替わりに下敷きで顔を扇ぎます。（熱い、熱い）という意味です。彼女は五月のマラソン大会のときにヒロ子ちゃんを介抱してくれた子です。

さっそく僕は手紙を開きます。周囲の視線を感じますが、特に隠したりはしません。たぶん僕以外の人が見ても何が書いてあるのか理解できないはずだからです。そこには数字がたくさん並んでいるだけなのです。

もちろんそれは暗号です。以前、手渡しの途中で盗み見られたことがあったので、それから僕たちは暗号で書くことにしたのです。解読に少し時間がかかりますがプライバシーは守られます。

キョウオカアサンイナイヨ。

僕は反射的に後ろを振り返ります。でも僕の席からヒロ子ちゃんは見えません。見えないけれどもヒロ子ちゃんのイタズラっぽい表情は目に浮かびます。

いつものように一度家に帰ってからヒロ子ちゃんの家に行きます。出かけようとする僕を母が呼び止めました。

「またヒロ子ちゃん家？」

「そうだよ」

「じゃあ、これを持って行きなさい」

母が風呂敷で包んだ重箱を差し出しました。

「ねえ、これもしかして明太子？」

「そうよ。なんでわかったの？」

「だって昨日、宅急便で三箱も届いてたじゃないか！」

僕の母は九州の博多出身なのです。

「なに怒ってんのよ」

「こんなのカッコ悪くて持っていけないよ」

「あんた馬鹿ね。これはただの明太子じゃないのよ」

「そんな問題じゃないよ！」

「じゃあいいわよ。あたしがあとで自分で持っていくから」

せっかくの二人きりの時間を母なんかに邪魔されてはたまりません。

「いいよ。わかったよ。持っていくよ。持っていけばいいんでしょ！」

「最初から素直にそう言いなさい」

雪はいぜんとして降り続いていました。僕は靴で行こうか長靴で行こうか一瞬迷いましたが、長靴でヒロ子ちゃんに逢いに行くのはカッコ悪いと思ったので、やっぱり靴で出かけることにしました。

街はもうすっかり雪景色になっていました。僕は足を滑らせないように注意しながら歩きました。

普段の倍くらいの時間を費やしてやっとヒロ子ちゃんの家に着きました。

「遅かったね」

呼び鈴を押すとすぐにドアが開きました。ドアの向こうで待っていたのじゃないかと思うほどの早さでヒロ子ちゃんは顔を出したのでした。

ヒロ子ちゃんを見た瞬間に、さっき学校で別れた時よりもキレイだなと僕は思いました。よく見るとちょっとお化粧をしているようです。きっとお母さんの化粧品をこっそり借りたのでしょう。

服装も学校で見たのとは違っていました。ヒロ子ちゃんは白いブラウスを着て、その上に青いカーディガンを羽織っていました。どこかで見覚えがあると思ったら、その白いブラウスはマザー牧場に行ったときに着ていたものでした。

「それなあに?」

ヒロ子ちゃんが僕の風呂敷包みを不思議そうに見ていました。

「明太子」

「めんたいこ?」

「そう。うちのババアが持っていけって」

「ありがと」

「ヒロ子ちゃん家のひと、明太子たべる?」

「うん、たべるよ」

「ヒロ子ちゃんは好き?」

「……普通」

いつものように二階のヒロ子ちゃんの部屋に行きます。階段を登る途中でヒロ子ちゃんが振り返りました。

「今日はお母さん、同窓会だから夜まで帰ってこないよ」

外では雪が降っているのにヒロ子ちゃんは部屋の暖房をつけていませんでした。

「寒い？」

ヒロ子ちゃんが僕にたずねました。僕はなぜかちっとも寒くありませんでした。

「大丈夫」

「勉強の道具、持ってこなかったの？」

手に何も持っていない僕にヒロ子ちゃんがたずねました。

「持ってこないよ。ヒロ子ちゃん勉強したいの？」

「したくない」

「じゃあ、アレしよう」

「……うん」

例のパズルです。もうあれから三ヵ月近く経つというのに、ほとんどこれといった進展がありません。ところが僕はその日はとても調子がいいのです。僕は次々に土星の輪をつなげていきました。それにひきかえヒロ子ちゃんはちっともつなげることができません。見ているとあまりヤル気もないようです。このパズルが僕からヒロ子ちゃんへの誕生日のプレゼントだと思うとちょっと虚しくなってしまいます。

「ねえヒロ子ちゃん。一人の時もこのパズルやってる？」

「……うん」

ヒロ子ちゃんの返事はどこかうわの空です。

「本当にやってる？　この前やった時とぜんぜん変わってないみたいだけど」

「……え？」

やっぱり人の話を聞いていません。

「もう、やめよう」

僕は破片を放り出しました。するとヒロ子ちゃんは慌てました。

「怒ったの？」

「怒った」

「ごめんなさい！」

「いいよ、もう帰る」

そう言いながら僕は立ち上がると、いったんドアの方へ行きかけて、またヒロ子ちゃんのそばに戻りました。肩を抱き寄せるとヒロ子ちゃんの目にはもう涙があふれていました。

「嘘だよ」

ヒロ子ちゃんは僕の胸に顔をうずめて泣き始めました。僕はヒロ子ちゃんの顔を持ち上げてキスをしました。その日のヒロ子ちゃんのキスはいつものレモンのキャンディーだけじゃなくて、涙と微かに化粧品が混ざった複雑な味がしました。

しばらくキスしながら髪をなでているとヒロ子ちゃんはやっと泣き止みました。

「まだ雪降ってる?」

ヒロ子ちゃんがたずねました。

「僕がさっきここへ来た時にはまだ降っていたよ」

ヒロ子ちゃんはベッドに上がってカーテンを少し開けました。ヒロ子ちゃんの部屋の窓はベッドの枕もとにあるのです。僕もヒロ子ちゃんのそばに行きました。二人でうつぶせに寝て窓の外の景色を眺めました。

雪はまだ降っていました。

暗い空からパン粉を篩にでもかけたように、雪が無限に舞い落ちてきます。住宅街の屋根屋根が積もった雪でカマボコのように丸くなっていました。二人で窓の外を眺めていると吐息で窓ガラスがすぐに曇ってしまいます。僕たちは何度も手のひらでガラスをこすりました。

ヒロ子ちゃんのベッドはいい匂いがします。ふかふかしていて僕のベッドのように湿ってもいません。しばらく二人はベッドの上でキスしたり抱き合ったりしました。僕はヒロ子ちゃんの体のあちこちを服の上から触りました。ヒロ子ちゃんは胸を触られるのが好きなようでした。

「ねえ」

ヒロ子ちゃんが胸をさする僕の手に自分の手を重ねて言いました。

「男と女が子供を作るときどうするか知ってる？」

ヒロ子ちゃんの声は少し震えていました。顔を見るとヒロ子ちゃんは恥ずかしそうに横を向いてしまいました。いけないとは思いながら僕はもう自分を抑えることができませんでした。

「知ってるよ。僕が教えてあげるよ」

僕はヒロ子ちゃんのカーディガンのボタンを外しました。それからブラウスのボタンも外しました。胸元を広げるとヒロ子ちゃんはブラジャーをしていました。たぶんまだ買ったばかりなのでしょう、それは新しい真っ白なブラジャーでした。

僕は（教えてあげるよ）なんて言っておきながら、早くもそのブラジャーの外し方がわからず、戸惑ってしまいました。ヒロ子ちゃんはすぐにそれを察して、寝たまま背中を浮かせてく

恐縮ですが
切手を貼っ
てお出しく
ださい

1 1 2-0 0 0 4

東京都文京区
後楽 2－23－12
(株) 文芸社
ご愛読者カード係行

| | | | | | |
|---|---|---|---|---|---|
| 書　名 | | | | | |
| お買上<br>書店名 | 都道<br>府県　　市区<br>郡　　書店 | | | | |
| ふりがな<br>お名前 | | | 明治<br>大正<br>昭和　年生　歳 | | |
| ふりがな<br>ご住所 | □□□-□□□□ | | | 性別<br>男・女 | |
| お電話<br>番　号 | (ブックサービスの際、必要) | ご職業 | | | |

お買い求めの動機
1. 書店店頭で見て　2. 当社の目録を見て　3. 人にすすめられて
4. 新聞広告、雑誌記事、書評を見て(新聞、雑誌名　　　　)

上の質問に 1. と答えられた方の直接的な動機
1. タイトルにひかれた　2. 著者　3. 目次　4. カバーデザイン　5. 帯　6. その他

| | |
|---|---|
| ご講読新聞　　新聞 | ご講読雑誌 |

文芸社の本をお買い求めいただきありがとうございます。

この愛読者カードは今後の小社出版の企画およびイベント等の資料として役立たせていただきます。

| |
|---|
| 本書についてのご意見、ご感想をお聞かせ下さい。<br>① 内容について<br><br>------------------------------------------------<br>② カバー、タイトル、編集について<br><br>------------------------------------------------ |
| 今後、出版する上でとりあげてほしいテーマを挙げて下さい。 |
| 最近読んでおもしろかった本をお聞かせ下さい。 |
| お客様の研究成果やお考えを出版してみたいというお気持ちはありますか。<br>ある　　　ない　　　内容・テーマ（　　　　　　　　　　　　　　） |
| 「ある」場合、弊社の担当者から出版のご案内が必要ですか。<br>希望する　　　希望しない |

ご協力ありがとうございました。


〈ブックサービスのご案内〉

当社では、書籍の直接販売を料金着払いの宅急便サービスにて承っております。ご購入希望がございましたら下の欄に書名と冊数をお書きの上ご返送下さい。（送料1回380円）

| ご注文書名 | 冊数 | ご注文書名 | 冊数 |
|---|---|---|---|
| | 冊 | | 冊 |
| | 冊 | | 冊 |

れました。つまり背中の下に手を入れて外せということです。

なんとかホックを外してブラジャーを上にずらすと、そこにはヒロ子ちゃんのオッパイがありました。同じクラスの女子の中にはすでに胸の大きい子もいましたが、ヒロ子ちゃんの胸はまだ膨らみ始めたばかりなのでしょう、ほとんどペッタンコのオッパイでした。こんなペッタンコのオッパイでも女の子はブラジャーをしなければいけないのでしょうか？　僕はちょっと疑問に思いました。

そっと触れるとヒロ子ちゃんのオッパイは手のひらにすっぽりと入ってしまいました。小さいけれどとても柔らかくて不思議な感触でした。ヒロ子ちゃんはさっきからマラソンでもしているみたいに呼吸が荒くなっていました。実は僕も同じでした。僕はヒロ子ちゃんのオッパイの真ん中にある（チクビ）を吸ってみました。テレビでは（合体）する時みんなそうやっています。（チクビ）を吸いながら僕はもしかしたらミルクが出るんじゃないかと思いましたが、ミルクは出ませんでした。その代わりにヒロ子ちゃんは泣き声のようなせつない声を出しました。その声があまりにも可愛かったので僕はいつまでもヒロ子ちゃんの（チクビ）を吸い続けました。やがてヒロ子ちゃんが途切れ途切れに言いました。

「ねえ、子供ってこうやって作るの？」

「……うん」

実は僕もすっかり考え込んでしまっていたのです。それから先どうすればいいのかわからなかったからです。なぜならテレビでは（合体）の時、ここまで来ると必ず場面が変わってしまうのです。

「じゃあ、あたしこれで子供ができちゃうの？」

「……うん。いや、僕たちまだ小学生だからきっと子供はできないよ」

「ねえ」

ヒロ子ちゃんが言いました。見ると思いつめたような顔で僕を見ています。

「あたしの、さわって」

そう言ってヒロ子ちゃんは僕の手をスカートのなかに導きました。

僕は夢中でヒロ子ちゃんのパンツのなかに手を入れていました。

ヒロ子ちゃんにはオチンチンがありませんでした。あたりまえのことだけれども僕はなぜかとても不思議に思いました。

女の子のアソコは複雑な形をしているようです。指先の感触だけでその形を想像するのはとても不可能です。ただヒロ子ちゃんのパンツのなかはオシッコでも洩らしたのじゃないかと思うぐらい濡れているのでした。そして僕もさっきからオシッコを我慢してる時のような変な感じがしていたのです。

アソコを指で触るとヒロ子ちゃんはさっきにも増してせつない声を出しました。そんなヒロ子ちゃんの反応を見ているといよいよ僕のオチンチンも硬くなるのでした。僕もズボンをずらしてヒロ子ちゃんの手でオチンチンを触ってもらいました。

ヒロ子ちゃんは僕のオチンチンを手で握るとしばらくじっとしていましたが、やがてそれを上下に動かし始めました。僕も思わず声が出てしまいました。ヒロ子ちゃんはどこでそんなことを習ったのでしょう？　本で読んだのでしょうか？　それとも本能的に手が動いてしまったのでしょうか？　とにかくすぐに僕の頭のなかは真っ白になってしまいました。

気がつくと僕のオチンチンからは大量の精子が出ていました。もちろん精子を見るのは初めてでした。確か保健体育ではこれを精通と言っていたはずです。

「ごめんね！」

僕はヒロ子ちゃんにスカートを汚してしまったことを慌てて謝りました。

「……うん」

ヒロ子ちゃんは僕が出した精子を不思議そうに見ていました。

「セイシって白いんだね。手でこすると出ちゃうの？」

僕は急に恥ずかしくなってしまいました。

「勝手に出ちゃったんだよ。僕も見たのは初めてだよ」

「ふーん」

ヒロ子ちゃんはスカートについた精子をティッシュペーパーで恐る恐る拭き取りました。そしてその汚れたティッシュペーパーを鼻先に持っていきました。

「なんか、変な匂い」

「何してんだよ！」

ヒロ子ちゃんはティッシュペーパーをクズカゴに捨てると、また僕のそばにきて横になりました。

「ねえ、もっと抱いて」

僕はヒロ子ちゃんをまた抱きしめました。そしてさっきのようにパンツのなかに手を入れようとしました。するとヒロ子ちゃんはその手を押さえて言いました。

「それはもういいから。そのかわり……」

「そのかわり？」

「服をぜんぶ脱いで」

ちょっと恥ずかしかったけど、僕は言われた通りに服を脱いで裸になりました。ヒロ子ちゃんも裸になりました。ヒロ子ちゃんは自分が脱いだ服をきちんとたたむと、僕の服もたたんでくれました。

僕たちはベッドに倒れ込んで、また抱き合いました。ヒロ子ちゃんの体は暖かいと言うより熱いくらいでした。もう僕たちは（触りっこ）はしませんでした。ただじっと抱き合っているだけでした。でもそうしていると不思議に心が安らいでくるのでした。さっきのひどく興奮した状態が嘘のようです。もしかしたら精子を出してしまったからかもしれません。見るとヒロ子ちゃんもすっかり普段の落ち着きを取り戻していました。僕の胸に頬を寄せて目を閉じているのでした。

「この子をお嫁さんにもらってくれない？」

僕の母やヒロ子ちゃんのお母さんは冗談半分で言っていたのだろうけど、僕は本当にヒロ子ちゃんをお嫁さんにしたいと思いました。可愛いヒロ子ちゃんをいつまでも抱きしめていたいと思いました。わがままで泣き虫のヒロ子ちゃんが僕は大好きです。

カーテンのすきまからは雪景色の街が見えます。空は暗いけど雪の白さでちょっと目が眩みます。雪はまだ降り続いています。いったい空のどこにこんなに雪があるのでしょう？　雪はあとからあとから無限に舞い落ちてきます。

「ねえヒロ子ちゃん。もし僕たちが大人になってもまだ……」

見るとヒロ子ちゃんは眠ってしまっていました。まるで赤ん坊のようにすやすやと僕の胸におでこをくっつけて眠っているのでした。

ヒロ子ちゃんの安らかな寝顔を見ていたら僕はなぜかあのマラソン大会のときのことを思い出しました。足をくじいたヒロ子ちゃんをおんぶしてゴールまで連れていってあげた時のことです。あのとき背中のヒロ子ちゃんが僕に言いました。

「なんで戻って来てくれたの？」

「わかんない」

「ねえ、聞いてもいい？」

「何だよ」

「あたしのこと、どう思ってる？」

「別に、何とも思ってないよ」

「……そう」

ヒロ子ちゃんはがっかりしたようでした。しばらく背中でおとなしくしていましたが、やがてまた質問してきました。

「あたしのこと嫌い？」

「別に嫌いじゃないよ」

「じゃあ友達になってくれる？」

「今だって友達だよ」

「そうじゃなくて……」

「わかったよ。友達になってあげるよ」

「……ありがと」

江戸川の土手をうめ尽くす五月の青々とした草が風になびいていました。草の一本一本が太陽の光を反射して眩しく輝いていました。

遊歩道のひび割れたアスファルトの上に一匹のトカゲがいたのを憶えています。七色に体を妖しく光らせてじっとしていましたが、僕が近づくと素早く草むらに逃げ込んでしまいました。

あのトカゲを見たのはヒロ子ちゃんをおんぶしている時だったでしょうか？　それともまだ一人で走っている時だったでしょうか？

きっとあの土手も今頃は雪で一面の真っ白な世界になっていることでしょう。枯草の上にしんしんと雪が降り積もっていることでしょう。

あのトカゲはまだ生きているでしょうか？　石ころの下に身をひそめてじっと春を待っているのでしょうか？　それとも……。

眠っているヒロ子ちゃんの髪をなでながらいつのまにか僕も眠り込んでしまいました。

「ふーっ」

久美子さんがため息をつきました。

「キミの話を聞いてると、あたしは初恋には破れたけれど、それでよかったんだって気がしてきたわ」

「どうして？　だって僕たちは両想いになったんだよ」

「それはそうかもしれないけど……でも、結局そのヒロ子ちゃんのお母さんに見つかっちゃうんでしょ？　キミたちがヤってるとこ」

「まあね。でも、あのとき僕は本当に幸せだったんだよ。きっとヒロ子ちゃんもそうだったと思うよ」

「キミたちの場合、早く見つかっちゃったほうがよかったのよ。だって、ほっといたら本当に最後まで行っちゃってたんじゃない？」

「たぶんね」

僕たちが目覚めたのはヒロ子ちゃんのお母さんが部屋のドアを開けたのと同時でした。僕たちは心臓が止まるほど驚いたけれど、それよりお母さんのほうがもっと驚いたはずです。だって小学生の娘が同級生の男の子と裸でベッドの上で抱き合っていたんですから。

「……ちょっと、あんたたち」

お母さんは言葉を失ってしまったようでした。僕たちもとてもお母さんと目を合わせていられず、下を向いてしまいました。

「とにかく服を着て下へきなさい」

お母さんが行ってしまうと僕たちはベッドから降りて黙って服を着ました。服を着ている途中でヒロ子ちゃんが泣きだしてしまいました。

「ごめんね、僕が眠ってしまったばっかりに……」

ヒロ子ちゃんは何も言わずに首を振りました。

服を着終えて部屋を出ようとするとヒロ子ちゃんはベッドのそばに戻ってクズカゴから丸めたティッシュペーパーを摘み出しました。僕の精子を拭ったティッシュペーパーです。ヒロ子ちゃんは窓をそっと開けると、それを庭の植木が繁っている辺りに向かって放り投げました。

階下へ行くとヒロ子ちゃんのお母さんがダイニングキッチンのテーブルの椅子に座って僕たちを待っていました。

「あんたたち、そこに座りなさい」

僕たちは黙って座りました。

「あたしが聞くことに正直に答えてね」

暖房がついてないダイニングキッチンはとても寒くて僕は体が震えだしてしまうのでした。ヒロ子ちゃんの部屋だって暖房はついていなかったのに、なぜか僕は急に寒さを感じ始めたのです。

「あんたたち、いつからさっきみたいな……あんなことしてるの？」

ヒロ子ちゃんが激しく泣き始めました。

「怒らないから正直に言いなさい」

ヒロ子ちゃんが答えられそうもないので僕が答えました。

「一ヵ月くらい前からです」

「それであんたたち……その、どこまでいってるの？」

僕はなんて答えればいいのかわからず黙ってしまいました。

「二人でどんなことしてたの？」

僕はうつむいてしまいました。

「ちゃんと答えなさい」

ヒロ子ちゃんが家じゅうに響くほどの大声で泣き始めました。

「泣くんじゃない！」

カミナリのような大声でお母さんが怒鳴りました。ヒロ子ちゃんのお母さんのそんな声を聞くのは初めてでした。見るとお母さんも目に涙をためているのでした。

お母さんの涙を見た瞬間に僕の目からも涙がポロポロこぼれ出しました。

「ごめんなさい！」

僕は叫んでいました。

「ごめんなさい！　ごめんなさい！」

僕は泣きながら何度も叫びました。

「あたしが悪いの！」

ヒロ子ちゃんが横から言いました。

「僕がやろうって言ったんです！」

「もういい」

お母さんが首を振りました。

「それであんたたち、最後までいっちゃったの？　つまり……その、わかるでしょ？」

僕たちは首を振りました。

「本当に？　本当にしてないの？」

二人はうなづきました。

「嘘じゃないわね？」

それから三人とも黙ってしまいました。やがてお母さんは立ち上がるとキッチンに行きました。しばらくするとお茶を入れて戻ってきました。

「飲みなさい」

「……」

お母さんはお茶を一口飲むとため息をつきました。

「あー本当にビックリした。でもあたしもいけなかったのよね。あんたたちだって四月にはもう六年生になるんだもんね。まだ子供だとばかり思っていたから。まさかあんなことしてるとは……なんかちょっと寒いわね」

お母さんがやっと暖房のスイッチを入れてくれました。しばらくすると家の中が暖まってきました。お母さんはじっと何か考えているようでした。そのあいだ僕たちは黙ってうつむいていました。やがてお母さんが言いました。

「ねえ、あんたたち」

「……はい」

「さっきのことはあたし黙っててあげるから、お父さんにも言わないでおいてあげるから……もしお父さんが知ったら、あの人なにをするかわからないわよ」

僕はギャングのボスみたいなヒロ子ちゃんのお父さんを思い出しました。

「あなたのお母さんにも報告はしないから、そのかわり……」

ヒロ子ちゃんのお母さんは声は静かだったけど、とても厳しい目をしていました。

「そのかわり、もうこの家には来ないで」

「……はい」

「それから、外でも学校のとき以外はもうヒロ子に逢わないで」

「……」

「いい、わかった?」

「……はい」

「ちゃんと守れる?」

「……はい」

「もし約束を破ったら、その時はうちのお父さんに今日のこと言うから。もちろんあなたのお母さんにも話すわよ」

僕はヒロ子ちゃんの家を出ました。玄関で靴をはく僕をヒロ子ちゃんのお母さんはじっと見下ろしていました。階段の登り口に僕が持ってきた風呂敷包みがまだ置いてありました。お母さんはその風呂敷包みからわざと目を逸らしているようでした。

靴をはき終えて玄関を出る時に振り返ると、お母さんの後ろにヒロ子ちゃんが立っていました。ヒロ子ちゃんは泣き濡れた真っ赤な目で僕を見ていました。出ていく僕にお母さんは何も言いませんでした。僕もなんて言ったらいいのかわからず、黙って頭を下げただけでした。

「結局もみ消してくれたわけね」

久美子さんが言いました。

「でもあたし、そのヒロ子ちゃんのお母さんって人かしこいと思うわ。だって動揺しないで最善の対処をしたんだから。あたしには子供がいないけど、もし自分に小学生の娘がいたとして、その娘がヤッてるとこに遭遇しちゃったら、そのお母さんみたいに冷静でいられるかどうか不安だもの」

「いまにして思えば、女の子の母親だからあまり表沙汰にしたくなかったんだと思うよ」

「きっとそうね」


ヒロ子ちゃんの家を出ると雪はもう止んでいました。でも午後からずっと降っていたので、歩くたびに靴がすっぽり埋まってしまうほど雪は積もっていました。寒かったけど空気は澄んでいて街の灯りが目にしみるほど鮮やかでした。

家に向かって歩きながら僕は不思議なことにそれほど落ち込んではいませんでした。たぶん自分の置かれた状況をまだよく理解していなかったからでしょう。悲しみや後悔は僕の場合、いつもゆっくりと少しずつ心に広がってくるのです。

家に帰るとちょうど食事の最中でした。

「あんたも食べる？」

母が僕を見て言いました。

「いらない」

僕はまったく食欲がありませんでした。

「またごちそうになったの？」

「そう」

「あんたねえ……」

「違う。食べてこない。やっぱり食べる」

僕は慌てて言い直しました。母がヒロ子ちゃんの家にお礼の電話でもしたら困ると思ったからです。

「変な子ねえ」

僕は仕方なくご飯を食べました。ちょうどテレビではニュースをやっていました。雪の影響であっちこっちで電車が止まってしまっていることを報じていました。

「お父さん帰ってこれるかしら？」

母が心配そうに言いました。きっとヒロ子ちゃんのお母さんも電車が止まってしまって同窓会が中止になったのでしょう。だからあんなに早く帰ってきたのだと思います。

ご飯を食べると僕は二階の自分の部屋に行きました。ベッドに寝転んで天井を見上げました。僕の頭のなかは不思議なほど澄んでいました。それでいてひとつのことを集中して考えることができないのでした。いろいろなことが断片的に頭のなかに浮かんでは消えていくのでした。ヒロ子ちゃんのことだけではなく、学校のことや家族のことが何の脈絡もなく勝手に頭に浮かんでくるのです。

急に僕はじっとしているのが怖くなりました。僕は起き上がって机に向かいました。教科書を出して開いたものの、またすぐに閉じてしまいました。目では文章を追うけれども頭のなかには何も入ってこないのです。

気晴らしに外でも走ってきたいところですが雪でそれもできません。仕方なく僕は部屋の掃除を始めました。まず机の上を片づけました。それから引き出しのなかも整理しました。次に本棚を整理しました。本を全部おろして雑巾で拭いてからまた並べ直しました。いらなくなった本はまとめてヒモで縛りました。雑巾を洗いに下に降りていくと母が不審そうな顔をしていました。

「何してるの？」

「そうじ」

「あらやだ。雪が降るからやめてよ」

「もう降ったよ」

「そうね。ハハハ」

僕は部屋のなかのものを全て整理して雑巾がけをしました。ふだん掃除してないのできれいにするのに三時間近くかかりました。最後に掃除機をかけると部屋は見違えるようでした。

風呂に入るつもりで下に降りていくと、いつのまにか父が帰ってきていました。

「部屋の掃除をしたんだってな。珍しいこともあるもんだな。女の子でも遊びにくるのか？確かヒロ子ちゃんっていったっけ？」

父はビールを飲んで少し酔っているようでした。

風呂に入るのは僕が最後でした。湯ぶねにつかっていると気づかないうちにヒロ子ちゃんのことを考えていました。せっかくそうじをして気をまぎらわせたのに、また心が重くなってきました。僕は威勢よく湯ぶねから出るとごしごし頭を洗いました。それから念入りに体を洗いました。ふだんの倍近くの時間をかけて洗いました。

風呂から出て歯を磨くと部屋に戻りました。部屋のなかはきれいに片づいていました。とてもさっぱりした気分でした。これからは定期的に……いいえ毎日掃除をしようと思いました。僕の潔癖性はこの時から始まったのです。

ベッドに入って横になるとまたいろんなことが頭に浮かんできました。ヒロ子ちゃんのことを考えないように学校や友だちのことを考えるようにしました。ところがどんなに別のことを考えてもいつのまにかそれがヒロ子ちゃんにつながってしまうのです。何度振り払っても同じことでした。

僕は諦めました。逃げるのはやめてはっきりとヒロ子ちゃんのことを考えることにしました。きっと以前のような幸せな時間を取り戻す方法があるはずです。僕はいろいろ考えを巡らせました。

でも結局それは無駄でした。元通りにする方法などどこにもないのです。それがわかっていたからこそ僕はヒロ子ちゃんのことを考えたくなかったのです。

「もう家には来ないで」

「もうヒロ子には会わないで」

お母さんの冷たい声がよみがえってきます。

まるで夢のようです。それが本当にあったことだとは今だに信じられません。明日になればまた今までのようにヒロ子ちゃんの家に行って勉強したりキスしたりできるような気がしてなりません。だって僕たちは両想いなのですから。僕はヒロ子ちゃんをお嫁さんにしたいと思ってるし、ヒロ子ちゃんだって同じはずです。僕たちはずっといっしょにいるつもりだし、そうしなければいけないのです。いったい誰にそれを止める権利があるのでしょう？

翌日は寝不足の状態で学校に行きました。授業中に何度も居眠りしそうになりました。見るとヒロ子ちゃんも眠そうな顔をしているのでした。きっと僕と同じように眠れなかったのでしょう。

その日は朝から快晴で気温もぐんぐん上昇していました。昨日の雪も昼ごろにはすっかり解けてなくなってしまいました。

給食のあと教室のすみで初めてヒロ子ちゃんと話をしました。昨日は一日でいろんなことがありすぎたので、朝からずっと何て言って話しかけたらいいのかわからなかったのです。

「昨日、眠れた？」

「ぜんぜん」

そう言ってヒロ子ちゃんは可愛いあくびをひとつしました。

「お母さん、どう?」

「普通。でもちょっと冷たい感じ」

教室のなかは男子はプロレスをしたり女子は昨日のテレビの話をしたりでとてもにぎやかでした。僕たちだけが疲れたような顔をして見つめ合っているのでした。

「もうヒロ子ちゃん家に行けなくなっちゃったね」

「……うん」

「でも学校で会えるしね」

「……うん」

雪解け水で校庭のあちこちに水溜まりができていました。それらは太陽を反射してキラキラと光っていました。

「あっそうだ!　今日はプールの日だ。ヒロ子ちゃんプールくるでしょ?」

「うん!」

僕たちは週に何回か同じスポーツセンターに通っているのでした。僕がヒロ子ちゃんに水泳を教えてあげたのです。

午後の授業が始まると僕たちは何度も手紙のやりとりをしました。例の暗号で書いた手紙です。

ダイスキアイシテル。

ボクモ。

アタシノドコガスキ？

ゼンブ。

アリガト。

ヒロコトキスシタイ。

アタシモ。

「ねえ、ちょっといい加減にしてよ」

後ろの女の子が苦情を言いました。手紙がくるたびにまわすのは勉強が手につかないし面倒なのでしょう。

「そういうことはね、休み時間にやってよね」

ヒロ子ちゃんと別れて学校から家に帰ると僕はどこへも行かずに宿題をやりました。いつもならヒロ子ちゃんの家へ行くところなのですが、もうそれもできません。

宿題はすぐに終わってしまいました。すると何もすることがなくなってしまいました。仕方なく僕は学校の予習をやりました。別に勉強でなくてもいいのですが、とにかく何かやっていないとヒロ子ちゃんのことが頭に浮かんでしまうのです。

夕方までの数時間がとても長く思われました。やっとプールに行く時刻がきて、支度をして玄関を出ると外はもう暗くなっていました。四月に近いとは言え、まだ日は短いのです。

僕は自転車に乗ってスポーツセンターに向かいました。送迎バスも巡回しているのですが、僕はいつも自転車で行くことにしていました。片道三〇分の自転車こぎも立派なトレーニングなのです。僕は歩行者や水溜まりをよけながら一生懸命ペダルを踏みました。

スポーツセンターに着くとちょうど送迎バスも到着したところでした。自転車を置いて待っているとヒロ子ちゃんがバスから降りてきました。ヒロ子ちゃんは潤んだ目をしていて、僕にはすぐに泣いたあとだとわかりました。

「どうしたの?」

「お母さんが……」

僕はすぐに了解しました。何となく予期していたことではありました。

「お母さんが水泳やめろって」

「いつやめろって?」

「すぐにって。昼のうちにもう電話しちゃったの」

「じゃあ今日で最後なの？」

「……うん」

「……せっかく上手に泳げるようになったのに」

水着に着替えてプールサイドに行くと、まもなくコーチがきて今日のメニューを発表しました。僕はコーチの話をほとんど聞いていませんでした。見るとヒロ子ちゃんも悲しそうに下を向いているのでした。

その日の僕はメチャクチャでした。ウォーミングアップのときにスピードを出しすぎて前の人にぶつかったり、タイムアップの最中に考えごとをして後続の人たちを停滞させたりで、最後には他の練習生とケンカになってしまいました。

「何やってんだよ、バカ！」

「うるせえバカ！」

女子のコースを見るとヒロ子ちゃんもほとんど練習に気が入ってないようでした。

あっと言う間に時間がすぎて集合のホイッスルが鳴りました。

「今日で＊＊さんがやめることになりました」

コーチが言いました。

みんなが注目するなかでヒロ子ちゃんはペコっとおじぎしました。

「あいつ泣いてるぜ」

誰かが小声で言いました。

「泣いてないよ。こんなところやめるぐらいで泣くわけないじゃん」

でもヒロ子ちゃんは確かに泣いていました。

僕はそのままヒロ子ちゃんと別れるのがつらかったので、自転車を置いたままにしていっしょにバスに乗り込みました。僕たちは一番後ろの席にならんで腰かけました。バスが出発するとすぐにヒロ子ちゃんは僕の胸に顔をうずめて泣き始めました。ときどき大きくしゃくり上げるのでまわりの練習生がこっちを振り返って見ていました。でも僕はもう周囲の目など気にせずに堂々とヒロ子ちゃんを抱きしめて頭をなでていました。

バスはすぐに僕たちが降りる場所に着いてしまいました。もしかしたらヒロ子ちゃんのお母さんが来てるのじゃないかと思ったけど、お母さんは来ていませんでした。バスが行ってしまっても僕たちはしばらくのあいだその場に立ちつくして抱き合っていました。

「僕たち、もう学校でしか会えないね」

「そんなのやだ！」

ヒロ子ちゃんが大きな声で叫びました。近くを歩いていた人たちがみんなこちらを振り返りました。

「でも仕方ないよ」

僕たちのそばを何台も車が通りすぎて行きました。車の跳ね散らかす水溜まりの水が僕たちのすぐそばまで飛んできます。

「一人で帰れる？」

僕がたずねてもヒロ子ちゃんは何も答えずにただ泣くばかりでした。プールで濡れた髪が街灯に照らされて光っていました。

「大丈夫？」

しばらくしてヒロ子ちゃんはやっと小さくうなづきました。

僕は歩いて自転車が置いてあるスポーツセンターに戻りました。歩きながらいろいろなことを考えました。

どんなことを考えたのか、今となっては正確には思い出せません。でもこのとき考えたこと、感じたこと、目に映った風景、耳にした街のざわめきがきっと今の僕を動かしているはずなのです。もちろんこれから後も数えきれないほどの恋をしました。でも僕にとってヒロ子ちゃんとのことは特別なのです。どんなに歳月が流れても決して忘れることはないのです。

厳密に言って僕とヒロ子ちゃんとの関係はこの夜に終わりました。ヒロ子ちゃんのお母さんの目をごまかしてこっそり逢おうと思えばたぶんそれは可能だったでしょう。でも僕はそれをしませんでした。正義漢ぶるつもりなんか毛頭ありません。ただもうこれ以上ヒロ子ちゃんの涙を見たくなかったのです。


翌日学校へ行くとヒロ子ちゃんが声をかけてきました。

「おはよ」

「おはよう」

僕も答えました。

授業が始まるといつものように手紙がきました。

ダイスキ。

僕もすぐに返事を出しました。

ボクモスキダヨ。

ケッコンシテクレル？

モチロン。

でも何かが違います。外見はいつもといっしょなのですが、何かが違うのです。まるでガラス越しに話をしているような感じなのです。たぶんお互いに心の底で別れを意識し始めたからでしょう。

それから何日かすると学校は春休みに入ってしまいました。僕たちはとくに逢う約束もしないままサヨナラを言いました。ところがいざ逢えなくなってみると、僕にとっていかにヒロ子ちゃんが大きな存在であったかが思い知らされました。何をしていても気がつけばヒロ子ちゃんのことを考えているのです。午前中は勉強をして、午後からはスポーツセンターに行くのが僕の日課でしたが、しばしばヒロ子ちゃんを思い出してはぼんやりとしてしまうのでした。とくに夜になってベッドのなかに入ると、もうヒロ子ちゃんのことしか考えられませんでした。

そんな時に水泳のコーチから本格的にトレーニングしないかという話がありました。今から鍛えれば大きな大会にも出られると言うのです。もちろん僕は承諾しました。何でもいいから何かをして気を紛らわせていたかったのです。

きっとヒロ子ちゃんも苦しかったはずです。僕と同じようにベッドのなかで泣いたこともあったでしょう。僕が水泳に打ち込んだようにヒロ子ちゃんは勉強に集中したようです。私立の中学を受験するために家庭教師をつけて本格的な準備を始めたそうです。

そうやって僕たちはお互いに別の目的に向かって歩き始めました。僕は内心ヒロ子ちゃんが投げやりになってしまうのじゃないかと心配していたので少しほっとしました。そして日が経つにつれて僕はヒロ子ちゃんのことをそれほど頻繁には思い出さなくなりました。

春休みが終わって六年生になってもクラス替えがなかったので顔触れは同じでした。とうぜん担任も変わりません。

「二年も続けてお前らといっしょにいられるなんてオレはうれしくて涙が出るよ」

「やだー、最低ー」

いつものように女子が騒ぎます。

結局変わったのは僕たちだけのようです。外見は今までと同じように見えたでしょうが、確実に僕たちは変わりました。まず授業中に手紙のやりとりをしなくなりました。理由は簡単です。暗号を使って隠すべきものが僕たちのあいだにはなくなってしまったからです。それに二人きりで体育館の裏とか誰もいない音楽室とかそんな所へ行くこともなくなりました。

僕とヒロ子ちゃんの関係は他のクラスにも知れ渡っていました。でも僕たちの変化に気づいた者は誰もいませんでした。カップルの成立には興味があっても、その解消にはみんな関心がないようです。

僕とヒロ子ちゃんはゆっくりと普通の友だちの関係に戻っていきました。夏が近づく頃にはヒロ子ちゃんのことを想うときにいつも感じていた、あの胸が締めつけられるような切なさもあまり感じなくなりました。

夏休みに市の水泳大会がありました。小学校の一年のときから僕が毎年参加している大会です。六年生の部で予選を通過した僕はプールサイドで次の出番を待っていました。コースでは女子の予選が行なわれていました。次々に女の子たちがスタート台に立ってはピストルの合図で飛び込みます。

ふと見るとヒロ子ちゃんがスタート台に立っていました。次の瞬間にはもう水のなかに飛び込んでしまっていましたが、間違いなくそれはヒロ子ちゃんでした。ほんの一瞬の出来事でしたが真夏の太陽の下で久しぶりに見たヒロ子ちゃんの水着姿は鮮やかに僕の目に焼きつきました。ペッタンコだったヒロ子ちゃんのオッパイもほんの数カ月のあいだにずいぶん大きくなったようでした。体つきも少し大人っぽくなったような気がしました。

ヒロ子ちゃんはレースのほうは残念ながら予選落ちしてしまいました。フォームはよかったのだけど、しばらく泳いでなかったので体力が落ちてしまったのでしょう。僕のほうは優勝はできなかったけど入賞することができました。賞状をもらう時に観客席のほうを見渡しましたが、ヒロ子ちゃんはもう帰ってしまったのか姿が見えませんでした。

ヒロ子ちゃんは水泳では負けたけれど勉強のほうでは勝ちました。その年が終わって翌年そうそうにヒロ子ちゃんは私立の中学を受験したのですが、見事に合格したのです。みんなヒロ子ちゃんにおめでとうと言いました。もちろん僕も言いました。

「おめでとう」

「ありがと」

ヒロ子ちゃんは笑顔で答えました。

「お前ら、中学が別々じゃもう会えないじゃん」

僕たちの心配をしてくれるお節介もいます。僕たちがもうすでに（終わっている）ことを知らないのです。

「大丈夫だよね。いつでも会えるよね」

ヒロ子ちゃんがそう言って僕に腕を絡ませました。

「そうだよ、愛は不滅だよ」

僕も調子を合わせます。するとクラス中の大爆笑になりました。その後しばらくは（愛は不滅だ）というセリフが流行しました。

まもなく小学校を卒業して中学生になりました。ヒロ子ちゃんはいつでも会えると言いましたが、もう僕たちが会うことはありませんでした。たぶん学校が違うので生活のリズムも変わってしまったのでしょう。

日常のなかでヒロ子ちゃんを思い出すことはほとんどなくなりました。僕は普通の中学に通いながら大会を目指して水泳の特訓を続け、ヒロ子ちゃんは私立の中学に通いながらきっと日々の勉強に追われていることでしょう。

ある晩、僕は練習を終えてスポーツセンターを出ると、いつものように自転車で暗い歩道を走りだしました。特訓で帰りの遅くなる日が続いていました。何となく空を見上げると珍しくたくさんの星が輝いていました。昼のあいだ雨が降っていたので大気が澄んでいるのでしょう。

星を見ながら僕はふと思い出しました。パズルのことです。誕生日に僕がプレゼントして、そしてヒロ子ちゃんといっしょにやったあの大きなパズルです。あれからあのパズルはどうなったでしょう？　ヒロ子ちゃんは一人で続けて完成させたでしょうか？　それともベッドの下に入れたままにして、大掃除のときにでも捨ててしまったでしょうか？

もしヒロ子ちゃんに会うことがあったら、それを聞いてみようと僕は思いました。
あれからもう一〇年近くたちます。
今だに僕はその答えを聞いていません。

夜がゆっくりと流れていきます。
僕の腕のなかで久美子さんの呼吸が乱れます。
ときどき流星のように久美子さんの頬を涙が伝います。

シーツに落ちた久美子さんの涙
不思議なかたちに広がって
まるで小さな宇宙のよう

ポトリと落ちて小宇宙
ポトリと落ちてまた宇宙
いくつも宇宙がかさなって

やがて大きな銀河になって

僕はいま久美子星雲に向かって旅立ちます

襲いかかる隕石群をよけながら
注意深く軌道修正しながら
大いなる勇気と
申し訳程度の恥じらいと
その他こまごました何やかやで
なんとかたどり着くことができました
所要時間は三ヵ月と三日と三時間

見渡せば　星また星
星　星　星
ほし　ホシ　干し　胞子?

もしもし　久美子さんですか？
ええそうよ
（いいえ違います）
あれ？　混線してるぞ　違うと言った君
誰？
めぐみです
なんだ　めぐみちゃんか　久しぶりだね　元気？
は……れから彼氏がで……楽し……
えっ？　よく聞こえないよ
ちょっとキミ　誰と話してんのよ
ごめん久美子さん　ねえめぐみちゃん
悪いけどいま取り込み中なんだ
わかりまし……の人によろ……伝え……
それじゃ元気でね　さようなら
さよ……ら

いやらしいちょっと目を離すとすぐこれなんだから

大きな星に小さな星
明るい星に消えそうな星
星ならいくらでもあるよ
一生かかっても数えきれないほど

どこにでもある星
それは存在しない星
目には見えるけど実体がない
触れることもできなければ
ささやきかけることもできない
その引力から逃れる方法はただひとつ
自分もその星になってしまうこと

最も輝いている星　一等星
時を定め　位置を定める
最も美しい星　一等星
夢を与え　悲しみを癒す
最も人気のある星　一等星
誰もがあこがれ　誰もが諦める
この一等星
もしかしたら　はるか昔に死んでいるのかもしれない

太陽
全ての星に熱と光を送り届ける
ゆっくりと時間をかけて生命を誕生させる
生命は太陽を崇め
太陽は生命を育む
太陽の慈愛は宇宙よりも広い

太陽が冷却するとき生命も滅びる

お星さま　きらきら
あのね　あたし家出してきちゃったの

ふたつでひとつの双子星
引きよせあって　くっついて
ひとつだけでは生きていけない
ひとつだけでは死んでいけない
何をするにも　いつでもいっしょ
ふたつでひとつの双子星

宇宙のオアシス
ここらでちょっと休憩しよう　あれ?
誰かいるぞ

すいません　ちょっと休ませてください
どうもお邪魔します　僕ですか？
はい　ここは初めてです
ええ　確かに素晴らしいところですね
あのヤシの木は本物ですか？
ホログラム？　そうなんですか　よくできてますね
失礼ですがどちらから？
ああご近所なんですか　よくこちらへは？
えっ？　管理人さんだったんですか？　それは失礼しました
僕ですか？　ええ　ちょっと遠くから
あっ　そろそろ出発の時間だ
ええ　ちょっと急いでいるんで　それじゃ失礼します
（あービックリした　久美子さんのご主人に会うとは思わなかったぞ）

宇宙空間を高速で移動しましょう

いいですか？　気持ちを楽にしてくださいね　それじゃいきますよ
はい目を閉じて　はい息を止めて
はい結構です　もう移動は完了しました
嘘だって？　嘘じゃありません　本当です
嘘だと思ったら窓の外を見てください

地球によく似た青い星
水も木も太陽もある
ちょっと寄ってみる　見る？
ほら　ときの森で静かな木も繁る
そして夢の森　森のなか　なかほど
飛ぶ！

それから星のうるさい
ああ本当にうるさい！

ブルースマイル

昔　流行った
確か若者が　いまのいまわのきわの
見覚えのある宇宙人に（その視線×２）
星の数ほど
やっぱり昔の

ご無沙汰しております
現実は大変ですか？
やっぱりお母さんと　お母さんの　だけじゃなくて　にも
じゃがいも溶けたら　よく混ぜなさい
うまく混ざれば
きっと天の川　それから先どうなるか　どうなるの
なれば　なるる　るるの星
風　冷たい

宇宙でただひとつのブラックホール
ぽっかり口をあけて待っている
かすかに悲鳴が聞こえる
誰の？　久美子さんの？

なぜ　こんなに切ないんだろう
昔から切ない
永遠に切ない
なんど死んでも決して変わらない

でも僕は突き進む
何があっても後退しない
それが僕の運命
それが久美子さんの運命

振り向けば　はるか彼方に地球
青くちいさく浮かんでる
そして前を見れば
すぐそこにブラックホール

星の動きを感じながら
星の光りを感じながら
全てはいま
きっといま
このためにある

久美子さんも僕も全身で呼吸しています。

額を流れる汗があごの先からしたたり落ちています。僕の汗は久美子さんの胸の谷間に小さな水溜まりを作ってキラキラと光っています。

久美子さんはかたく目を閉じて、何かに耐えるように唇を噛み締めています。その唇に僕は何度もキスします。

少しずつ息が整ってきます。

僕はベッドから起きて窓のところへ行きます。カーテンを引いて窓ガラスを開け放ちます。氷のような冷たい風が全身に吹きつけます。ほてった体が急激に冷めていくのがわかります。東のほうに新宿の夜景が見えます。白み始めた空を背景に高層ビルが黒く林立しています。水晶のようなその輪郭の上部で、無数の赤い光がまるで生き物のように明滅しています。

「なんか、蛍みたい」

気がつくと久美子さんがそばにきて立っていました。久美子さんも幻想的な高層ビル群のシルエットに目を奪われているようでした。僕は久美子さんを引き寄せて額にキスをしました。

「きっと生きてるんだよ」

「あの街明かりの下でたくさんの人たちが生きてるのね」

「もしかしたら、あのどこかに久美子さんのご主人もいるかもしれないね」

僕がそう言うと久美子さんは恐い顔で僕をにらみましたが、すぐにまた夜景のほうに向き直りました。

「でも不思議ね。キミとこうしていても、ぜんぜん悪いことしてるって気がしないの」

空が端のほうからみるみる明るくなっていきます。

「少し寝ようか」

「そうね」

ベッドに横になると僕は久美子さんに腕まくらをしてあげました。

二人はすぐに眠りに落ちました。


気がつくと僕はダイニングキッチンにいました。

さっきから何となく違和感を感じていたのですが、やがてその理由がわかりました。

そこは僕のマンションのダイニングキッチンではないのです。かと言って千葉県の実家のダイニングキッチンでもないようです。

不意に僕は気づきます。そこはヒロ子ちゃんの家のダイニングキッチンなのです。すぐに僕の心は不安に染まり始めます。

(見つかったら大変だ)

キッチンのほうでは人の気配がしています。姿は見えませんが忙しそうに働いているようすが伝わってきます。ときどき小声で何か話しています。みんな女性のようです。子供の声も聞こえます。すると僕の心に懐かしさが込み上げてきます。彼女たちはどうやら食事の支度をしているようです。

不意に誰かがこっちへ来るような気がして僕はテーブルの下に隠れます。僕が隠れるのと同時に女の人が一人、ダイニングに入って来ます。

彼女はどういう目的のためか、テーブルのまわりを歩き回ります。僕には足しか見えないのでそれが誰であるのかわかりません。そのうちにキッチンのほうから呼びかける声が聞こえてきます。

「ねえ、ヒロ子」

それはヒロ子ちゃんのお母さんの声でした。するとテーブルのまわりを歩き回っているのはヒロ子ちゃんなのでしょうか？（ヒロ子）と呼ばれたその大人の女性はしばらく歩き回ると、またキッチンのほうへ戻って行きました。それが誰であるのか確かめるために、僕はこっそり後ろ姿を盗み見ました。

それは久美子さんでした。

混乱する頭を整理する間もなくキッチンにいた女性たちがダイニングに集まってきて、賑やかに食事を始めました。話し声からはもっと大人数だと思っていたのに、テーブルの席に着いたのは三人だけでした。

僕はテーブルの下に隠れたまま、食事をする彼女たちの足を観察しました。一人は小学生くらいの女の子で、あとの二人は大人でした。大人のほうはヒロ子ちゃんのお母さんと久美子さんのようでした。小学生は言うまでもなくヒロ子ちゃんです。

でもヒロ子ちゃんのお母さんはさっき、久美子さんのことを（ヒロ子）と呼んでいました。それは一体どういうことなのでしょう？　もし久美子さんがヒロ子ちゃんだとすると、それではヒロ子ちゃんは一体誰なのでしょう？

僕の困惑をよそに食事は続けられます。

「このスパゲティー、パサパサしてない？」

久美子さんが言います。でもさっきから僕の鼻先に漂っているのはスキヤキの匂いなのです。スキヤキ風味のスパゲティーなのでしょうか？

不意に僕は肩を蹴られます。小学生のヒロ子ちゃんがテーブルの下で足をバタバタ動かし始めたのです。あんまり元気よく動かすので椅子までガタガタと揺れます。

「食事中に足を動かすんじゃない！」

お母さんが怒鳴ります。

「はあーい」

ヒロ子ちゃんは返事はするのですが、足を動かすのは一向に止めません。

「いい加減にしなさい！　直子！」

直子？　僕の頭のなかの混乱は極限に達します。そのあまりの奇怪さのために、気が狂ってしまうのじゃないかという恐怖に襲われます。次の瞬間、僕はひらめきました。

（わかった！）

謎が解けたのです。久美子さん〜ヒロ子ちゃん〜直子の関係がわかったのです。僕の心はよろこびに震えました。僕は大発見をしたのです。いままで何千年ものあいだ誰にも解けなかった難問がいま解けたのです。人類の謎を解明したのです。

僕はその答えが頭のなかから消えてしまわないうちにヒロ子ちゃんに伝えようとしました。そうすればお母さんもきっと僕たちを（許してくれる）はずです。

僕はヒロ子ちゃんの足首をつかんで揺すりました。そしてテーブルの下からそっと呼び掛けました。

「直子ちゃん」

直子とは僕の母の名です。

でもヒロ子ちゃんはぜんぜん僕に気づいてくれません。それどころか僕の手を振り払うかのように、いよいよ激しく足をバタつかせるのです。

僕は思い切りヒロ子ちゃんの足を引っ張りました。するとヒロ子ちゃんは別の足で僕の腕を踏んづけたのです。僕は叫び声をあげて足の下から腕を抜こうとしました。でもヒロ子ちゃんは子供のくせにとても力が強く、足はビクともしません。

腕を床に押さえつけられたまま、悔しさのあまり僕の目から涙がこぼれ始めます。涙と共にさっきはあれほど鮮明だった人類の謎を解いたはずの答えが、だんだん曖昧になってしまいます。

ヒロ子ちゃんがこっそり合図でも送ったのか、やがてお母さんまでいっしょになって僕の腕を踏みつけます。

「ヒロ子も手伝いなさい」

お母さんはそう言って、久美子さんにも呼びかけます。

僕はとうとう三人に腕を踏まれてしまいました。

「あたし、もう疲れちゃった」

ヒロ子ちゃんが言います。

「なんで、こんなことするの？」

久美子さんがお母さんに聞きます。

「こうしていると足がキレイになるのよ」

僕は腕が痺れて、だんだん気が遠くなっていきます。

目が覚めました。

カーテン越しに入ってくる朝の光で、部屋のなかはすでに明るくなっていました。

僕は隣を見ました。久美子さんが安らかに眠っていました。耳を澄ますと微かにいびきが聞こえます。

僕は久美子さんに腕まくらをしていました。その腕はもう感覚がないほど痺れていました。僕は空いているほうの腕で久美子さんの頭をそっと持ち上げ、痺れている腕をはずしました。起きたついでに僕はトイレに行きました。いきおいよく出るオシッコを眺めながら、夢の影響で僕の頭はまだ少し混乱しているようでした。

また部屋に戻ると、いつのまにか久美子さんが目を開けていました。僕は久美子さんに笑いかけました。でも久美子さんは反応しませんでした。感情のないお面のような表情で僕を見ているのでした。

ベッドに入ってからもう一度見ると、久美子さんはまた目を閉じていました。たぶん寝呆けていたのでしょう。僕もすぐに眠りに落ちました。今度はもう夢を見ることはありませんでした。

ふたたび目覚めるともうお昼でした。部屋のなかは光で溢れていて、カーテンを開けてみるまでもなく外が快晴であることがわかりました。

「ねえ久美子さん、起きて」

「……ん？」

久美子さんはあまり寝起きがよくないようでした。目をこすりながら周りをキョロキョロ見渡し、それから僕の顔を不思議そうに見るのでした。

「僕のこと、わかる？」

「ああ、キミね」

僕はキッチンへ行ってインスタントコーヒーを入れました。湯気の立つカップを差し出すと久美子さんは両手で受け取りました。

「ありがと」

何口かコーヒーをするとやっと久美子さんの頭は正常に動きだしたようです。

「とうとう泊まっちゃったわね」

「ご主人に見つかったら大変だね」

「それは言わないで」

久美子さんはちょっと悲しそうな顔をしました。

ベランダのほうからすずめの鳴く声が聞こえてきます。

「ところで久美子さん、今日はいつまでいっしょにいられるの?」

「夜まで大丈夫よ」

「本当に?」

「うん」

「ウオー」

僕はよろこびのために無意識のうちにまたバック転をやっていました。

「夜の何時まで?」

「そうね、あんまり遅くまではダメだけど」

久美子さんが何か言うたびに僕はバック転をします。今日一日久美子さんといっしょにいられる、そう考えただけで体が勝手に動いてしまうのです。

「ねえ、お願いだから今はバック転するのやめて。あたし低血圧なのよ。見ているだけで眩暈がしそう」

久美子さんが何も食べたくないと言うので朝食を作るのはやめました。二人でシャワーを浴びて出かける準備をしました。

「どこへ行こうか？」

「どこでも」

エレベーターで地下の駐車場に降りました。久美子さんは今日はバッチリ化粧をしていました。服装も昨日とは違って、今日は鮮やかなブルーのスーツを着ています。もちろん久美子さんのトレードマークである真っ白なミンクの毛皮のコートもちゃんと羽織っています。

「ねえ久美子さん、そのコート作るのに何匹くらいミンクを殺したんだろうね」

「ちょっと、何が言いたいのよ」

「やっぱり女性を美しく飾るには多少の犠牲が必要なのかなって」

「これはお母さんのお下がりよ。動物愛護運動が始まる前からあったんだから」

久美子さんのお泊りセットである大きなスーツケースは、僕のミニのトランクには入りませんでした。いろいろ角度を変えてみて、やっと後部座席に押し込むことに成功しました。

「何度乗っても乗り心地が悪いわね」

「前にも言ったけど車はね、乗り心地じゃないんだよ」

「はいはい」

昨日の夜二人で歩きながら見たショーウインドーの列もあっというまに通りすぎてしまいました。あのゲームセンターが何となく気になっていたのだけど、なぜか見つけることができませんでした。

あっというまにレストランに着いてしまいました。ふたたび悪戦苦闘して後部座席からスーツケースを引っ張りだすと、久美子さんの真っ赤なスポーツカーのトランクに移しました。ちょうど昼時で駐車場は満車でした。久美子さんの車はまた営業妨害をしているようでした。

「ずっと止めっぱなしで大丈夫かな?」

「そうね……」

久美子さんはあごに手を当てて、考えるポーズをしました。

「ちょっと待ってて」

久美子さんはお店のなかに入って行きました。ミニのエンジンルームをチェックしながら待っていると、久美子さんはすぐに戻ってきました。

「頼んできたから、もう大丈夫」

「頼んだって、誰に？」

「ボーイの男の子」

僕は久美子さんがどんな頼み方をしたのか、何となく察しがつきました。

「そういうやり方はよくないよ」

「でも、ずっと止めておいてもいいって言ったわよ」

「そりゃ久美子さんが頼めばどんな男だって断らないよ」

「まあいいじゃない。とにかく出発、出発」

とりあえず近くのインターから中央高速に乗りました。はっきりした目的があったわけではないけれど、僕は山梨方面ではなく都心の方に向かいました。

遠くに見えていた高層ビル群が近づくにつれて車の流れが悪くなってきました。明け方に久美子さんと見たときにはとても幻想的な感じだったのに、午後の明るい日差しに照らされた高層ビル群は単なるコンクリートの固まりにしか見えません。

「渋滞してるね」

「そうね」

「ねえ久美子さん」

「なあに？」

「確か久美子さんは小学校の三年の時に失恋したって言ったよね」

「言ったわよ」

「それ以来、自分から告白するのはやめたんだよね」

「そうよ」

「高校に入ってからは大勢の男に言い寄られたけど、全部断っちゃったんだよね」

「そうよ」

「それで初めて男とつき合ったのが大学に入ってからで、その相手が今のご主人なんだよね」

「ええ、そうよ」

「と言うことは、久美子さんがバージンを捧げたのもご主人になるわけだよね」

「捧げるって表現は好きじゃないけど、でも確かにその通りよ。おかしい？」

「ぜんぜん」

僕は首を振りました。

「カレとつき合い始めたのは大学一年の時だったけど、初めてベッドインしたのは二年の時だから、一九で初体験したことになるわね。あれは誕生日の前だったから……うん、確かに一九の時だったわ」

「それって決して早いほうじゃないよね」

「そうね、別に意識してとっておいたわけじゃないんだけど」

「それで久美子さん」

「なによ」

「ちょっと言いづらいんだけど……浮気したのは僕が初めてだよね」

「もちろんよ。それともあたし遊んでるように見える？」

「見えない。一応確かめただけ」

「じゃあ、何が言いたいのよ」

「つまり言い方は悪いけど、僕は久美子さんとヤった二人目の男になるわけだよね」

「そうなるわね。でも、それがどうしたのよ？」

「どうしたって、それって大変なことだよ」

「大変って、何が大変なのよ」

「だって久美子さんみたいな美しいと言うか可愛いと言うか、とにかくそんな人の二番目の男になれるなんて、もううれしいと言うのを通り越して、ほとんど感動だよ。いや、それより久美子さんが三〇になるまで一人の男としかヤってなかったなんて、それ自体がすでに感動だよ」

「それって、ほめてるの？」

「もちろんだよ」

「あらそう。ありがと」

首都高速の環状線に入るといよいよ渋滞がひどくなりました。前方に東京タワーが見え隠れし始めました。東京タワーを見るのは去年の五月に友人とめぐみとりえとで海にドライブに行ったとき以来です。あのときは夜でライトアップされていて綺麗でしたが、昼間見るとなんて言うかまるで巨大な鉄屑という感じで、高層ビルと同じようにどこか無表情な印象を与えます。

渋滞の退屈を紛らわせるために僕はラジオをつけました。ＤＪが早口で何かしゃべっていましたが、やがて歌が流れてきました。バラードのようなゆっくりした英語の歌でした。英語が得意でない僕は正確な意味はわかりませんが、横を見ると助手席の久美子さんもじっと歌に耳を傾けているようでした。

わたしが恋に落ちるとき
それは運命のとき

わたしが恋に落ちるとき
そのときわたしは
死ぬほど素敵な天国へ行くか
あるいは絶望して本当に死んでしまうか
きっとそのどちらか

わたしが恋に落ちるとき
それはいまこのとき

渋滞がひどいのでとりあえず環状線から出ることにしました。分岐点から枝分かれしている道に入るとやっと少し流れ始めました。それは奇しくも去年友人たちと海に行ったときに通った道でもありました。

「ねえ、久美子さん」

「なあに?」

「久美子さんはどうして子供を作らないの?」

「できないのよ」

「どこか悪いとこでもあるの?」

「まえにお医者さんに診てもらったんだけど、別に欠陥があるわけじゃないのよ。たぶんできづらい体質なんじゃないかって」

「久美子さん、子供は好き?」

「そうね、友だちなんかの子供を見ると可愛いなって思うけど。でも、はっきり言って自分の子供はあまりほしくないわ。もちろん生まれてしまえばその子はダンナの分身だし、あたしの分身でもあるから、きっとものすごく可愛がると思うわ。でもそれは生まれてしまったときの話。今の時点ではあえて生みたいとは思わないわ。それは生むのが苦しいから嫌だとか言うのじゃなくて、なんて言うか子供を生むのが女の務めみたいな雰囲気が世の中にはあるでしょ?そういう感じでは生みたくないのよ」

「親たちから子供はまだか、なんて言われるとよけいに反発したくなるわけだね」

「そんなとこ。でも、だからと言ってことさら避妊とかしてるわけじゃないのよ。普通にすることはしてるんだけど、それでできないんだから仕方がないと、まあこういうわけ」

「ご主人はなんて言ってるの？」

「最初はすごく子供をほしがってたけど、最近はあまり言わなくなったわ」

「体質だから仕方がないよね」

「そういうこと」

「そのかわり妊娠する心配がないから、いくらでも浮気ができるしね」

「ちょっと聞いてもいい？」

久美子さんが冷ややかな目で僕を見ていました。

「はい」

「キミはアレをすることしか考えてないの？」

「別に……」

「どうなのよ」

「いいえ、決してそういうわけじゃ……」

「ちゃんと答えなさいよ」

「……ごめんなさい」

「謝ってどうするのよ」

「……すいません」

「あのね」

久美子さんは僕の鼻先に人差し指を突きつけました。

「女はね、愛がないとセックスできないのよ」

「ごめんなさい」

やっと順調に進みだして高速をいくつか乗り継ぐと、またしても止まってしまいました。今度は渋滞ではなく事故のようでした。止まったまま動きだす気配がまったくありません。やがて後方からパトカーや救急車がやってきて、車と車のあいだを縫って通りすぎていきました。

「こうなると、もうドライブって言うよりは我慢大会って感じだわね」

そう言って久美子さんがため息をつきました。

「我慢大会?」

「そう。誰が一番忍耐力があるか競うの」

「久美子さんなら勝てそうだね」

「どうしてよ」

「だって三〇になるまで一人の男だけで我慢してきたんでしょ？　相当の忍耐力がなければできないことだよ」

「別に我慢なんかしてないわよ」

「信じられないね」

「ねえ、キミはどうしても話をそこへ持っていきたいらしいわね」

久美子さんは不機嫌そうに腕組みをしました。

「わかった、ごめん。もうやめる」

「絶対しない？」

「しない」

「今度したらデートは中止よ」

「わかりました」

ゆっくりではあるけれど、やっと動きだしました。しかし終点まで行くことはできませんでした。次のインターで強制的に降ろされてしまったのです。出口付近の表示板には（この先事故、通行止め）という文字が赤く光っていました。

そのインターで降りるのは初めてでした。国道へ出るための道筋は表示されていましたが、当然そっちの方面は大渋滞でした。もう渋滞はうんざりだったし、それに僕のミニのラジエーターも少し怪しくなってきたので、とりあえず国道とは反対のほうへ曲がることにしました。そちらへ曲がったのは僕たちだけでした。仲間がいないのが少し不安でしたが、行ける所まで行くつもりでした。僕の車は小さいので、いざとなったらどんなところでもUターンできるのです。

ところがやがて、そのUターンが不可能であることがわかりました。僕たちの進んだ道はだんだん細くなって、最後には一方通行になってしまったからです。つまり同じ道を戻ることはもうできないわけです。

その道もやがてT字路に突き当たってしまいました。その時にはもう道と言うよりはほとんど路地でした。僕たちの後をついてくる車が一台もなかったのも道理です。

(さて、どっちに曲がろうか?)

僕は考え込んでしまいました。突き当たりの塀際には鏡のついたポールが立っていて、どちらの道も見通せます。しかし、どっちも似たような路地で積極的な選択の根拠が見当りません。

「みぎー」

不意に久美子さんが言いました。寝言のような声でした。ちょっと別人のような感じがしました。

「えっ？」

「右って言ったのよ」

「久美子さん、寝てたの？」

「寝てないわよ」

「それなら、いいけど……」

久美子さんの指示どおり右に曲がりました。路地は住宅街をまっすぐに延びていました。しばらく行くとまた突き当たってしまいました。今度は僕は自分の判断で左に曲がりました。

「あたしには相談してくれないのね」

「別にそういうわけじゃ……」

僕はだんだん何かに追いかけられているような気がしてきました。僕はアクセルを踏み込んで夢中で車を走らせました。突き当たるたびに右~左と交互に曲がりました。そうすれば必ずどこか大きな道路へ出られるはずです。

でもそうではありませんでした。最後に行き着いた所は行き止まりでした。僕たちの前には灰色のコンクリートの壁が立ちはだかっていました。

Uターンできる場所がないので仕方なくバックで戻りました。路地の両側には住宅がすきまなく並んでいるのですが、どういうわけか人影はまったくありません。

やっと手前の丁字路までバックして、そこで方向転換しました。今度は左~右と交互に曲がることにして再び出発しました。まるで迷路に入り込んでしまったようです。

その後も何度か行き止まりになってしまい、そのたびにバックして方向転換しなければなりませんでした。

やがて一軒のお店を見つけました。住宅と住宅のあいだのちょっと引っ込んだ所に建っていたので危うく見逃すところでした。何屋さんと言うよりは何でも屋さんって感じの小さなお店でした。Z2000MSN、そう看板に書いてありましたが意味はわかりません。僕たちはその店で道をたずねることにしました。

アルミサッシのガラス戸を開けてなかに入ると薄暗い店内には棚が並んでいて、缶詰だとか菓子だとか台所洗剤なんかが雑然と置いてありました。

「すいませーん!」

僕は店の奥に向かって声をかけました。

「何かね?」

思いがけず、すぐ近くから返事があったので僕も久美子さんも驚いてしまいました。見ると棚の影にお婆さんがいて、丸椅子の上にちょこんと座っているのでした。僕は気が引けてしまい、道をたずねることができなくなってしまいました。

「あの……」

「何かね」

「ジュースはありますか?」

「ジュースなら外の自動販売機にあるよ」

「いいえ、ジュースじゃなくて、その……」

僕はすっかり気が動転していました。そんな僕を見て、久美子さんがプッと小さく吹き出しました。

「そうだ、牛乳をください!」

何がおかしいのか久美子さんは口に手を当てて一生懸命に笑いをこらえています。僕は目で久美子さんをたしなめました。ところが久美子さんは身をよじらせながら、ことさら子供っぽい口振りで言い放つのでした。

「久美子、コーヒー牛乳がほしい！」

久美子さんは完全に悪のりしていました。お婆さんはちょっと気を悪くしたようです。

「牛乳はあるけどコーヒー牛乳はないよ」

お婆さんに案内されて奥に行くと低温のショーケースがありました。牛乳はかまぼこの隣に並べてありました。僕は小さい牛乳のパックを一つ取りました。

「奥さんはいらんのかね？」

久美子さんはようやく笑うのをやめて言いました。

「そうね、あたしも一つもらおうかしら」

「コーヒーのほうは自動販売機で売ってるからの」

久美子さんは一瞬首をかしげましたが、すぐにうなづきました。

「じゃあ、それを買って交互に飲めばいいわけね」

「ん？」

今度はお婆さんが首をかしげました。やがて背中を丸めて笑いだしました。

「ハハハ。まったくおもしろい奥さんだよ！」

「ところでお婆ちゃん。ちょっと道を教えてもらいたいんだけど」

「ああ、いいともよ」

僕たちは大通りに出る道を教えてもらい、念のために地図も書いてもらいました。

「これで脱出できるぞ」

「そうだといいんだけど……」

「よーし、牛乳を飲んで出発だ！」

「この牛乳、大丈夫かしら」

「大丈夫って？」

「賞味期限よ」

「どうかな」

表示らんを見ると期限は今日まででした。

「わっ、やられた」

「でも期限切れじゃないから文句は言えないわね」

飲んでみると特に品質的な問題はありませんでした。

「あら、おいしいじゃない」

「じゃあコーヒーも買ってこようか？」

「ちょっと、やめてよ」

僕たちは地図を頼りに出発しました。曲がる所では久美子さんにも確認してもらいました。ところが僕たちは大通りに出ることはできませんでした。

仕方がないので戻ってもう一度やり直すことにしました。戻ると言っても途中で一方通行の所があったので、もうあの店まで戻ることはできません。

「おかしいわね、地図の通りに走ったはずなのに」

「とにかく、できる所からやり直そう」

でも結果は同じでした。着いたのはさっきと同じ場所でした。地図によるとそこで大通りに出るはずなのに、僕たちの目の前にあるのは大通りではなく、なんとラブホテルなのでした。

なぜこんな住宅街にラブホテルがあるのか僕たちは理解に苦しみましたが、確かにそれはラブホテルに違いなく、頭上には大きなネオンサインも輝いていて、その赤と青が交互に明滅する光はとても強く、日中であるにもかかわらず目に焼きついて残像を残すほどなのでした。そして僕にはなぜか、そのラブホテルに見覚えがあるような気がしてならないのです。この迷路のような住宅街を彷徨しているうちに僕の頭は狂ってしまったのかもしれません。

「奥さん、ちょっと休んでいきませんか?」

僕は意味もなく田村正和のものまねをしていました。

「あたくし、そんな女じゃなくってよ」

久美子さんもすぐに武蔵野夫人になって調子を合わせます。

僕たちはもう一度たどってきた道を思い起しました。でも、どこも間違った所はありませんでした。僕たちが間違っていなかったとすれば、間違っていたのは地図そのものです。もしかしたらお婆さんは聞き違いをしたのかもしれません。あるいはひょっとして僕たちをからかったのかもしれません。いずれにしても、もうあの店に戻れない以上はお婆さんに苦情を言うこともできません。

「ねえ」

久美子さんがネオンサインを見上げながら言いました。

「何?」

「入らないの?」

「ハハハ、冗談で言ったんだよ」

「入ってみましょうよ」

「本当に?」

「いや？」

久美子さんの瞳のなかで赤と青の光りが小さく明滅しています。

「久美子さんがＯＫなら、僕はいつでもＯＫだよ」

ホテルの入り口には目隠しのために垂れ幕が下がっていました。その垂れ幕を押しのけて僕は車を滑り込ませました。

なかは暗くて、明るい外から入って行くと一瞬何も見えなくなってしまいました。僕はヘッドライトをつけてゆっくりと進みました。

一階は駐車場になっていて、ビルの中心部の辺りにフロントがあるだけで、そこからエレベーターで上の部屋に行くシステムになっているようです。フロントを囲むようにして作られた楕円形の駐車場には、まだ昼間だというのに車がいっぱい並んでいて、空いている所は一つもありませんでした。

僕はゆっくりと車を進めました。パイプや配線がむき出しの天井のあっちこっちにカメラが設置されていて、きっと僕たちの車はフロントで監視されているはずです。

楕円形のコースのカーブにさしかかりました。僕たちが入ってきた入口のちょうど正反対に位置する場所です。すると、そこにはなんともう一つ、別の入口があるのでした。僕たちにすれば別の出口です。

「ここよ！」

久美子さんが叫びました。

「ＯＫ！」

僕は返事をすると同時にタイヤを鳴らしてハンドルを切っていました。

僕たちはふたたび明るい日差しの下に出ました。目の前には大通りがあって、トラックや路線バスが行きかっています。

犬を連れたオバさんが歩道を通りかかりました。オバさんはホテルから出てきた僕たちを見て不快そうな表情を浮かべました。放心した僕たちの顔つきから、きっと間違った想像をしたのに違いありません。

「ありがとう、久美子さんのおかげだよ」

「違うわ、お婆さんのおかげよ」

そう言って久美子さんはウインクをしました。

「じゃあ、お礼に行かなきゃ」

「いやよ、もうこりごり」

僕たちはドライブを再開しました。

しばらく走っているうちに道標から道が海のほうに向かっていることがわかりました。左手から山が近づいてきて、道は山のひだに沿って上がったり下ったりし始めました。

もう渋滞したりすることもなく、快適なドライブを僕たちは楽しみました。助手席の久美子さんはときどき鼻歌を歌ったりしました。僕も久美子さんに合わせて鼻歌を歌いました。二人でそうしていると、僕たちが実は結婚していてもう何年もいっしょにいるようなそんな気がしてくるのでした。

「ところで久美子さん」

「何?」

「そろそろ、お腹が空いたんじゃない?」

「そう言えば、そうね」

僕たちは今日、まだ何も食べていませんでした。そのとき道路脇の看板が目にとまりました。

(海が見えるレストラン)。

久美子さんもその看板に気づいたようでした。

「行ってみようか？」

「いいわね」

レストランはそこから少し行った先を左に曲がって坂を登りつめた所にありました。昼食というよりはもうすでにおやつの時間になっていました。駐車場に一台も車がなかったので定休日か準備中なのではないかと心配になりましたが、ちゃんと営業していました。

「ここから本当に海が見えるのかしら？」

久美子さんはちょっと不安そうな顔をしました。

「もう海に近いはずなんだけど、でもあまり期待しないほうがいいかもしれないね」

ドアを開けて店に入るとすぐに案内係の女の子が現われました。

「いらっしゃいませ」

客席に通じる通路の両側にはワインの樽がずらりと並んでいました。天井から吊り下げられた古びたランプが柔らかい光を投げかけていて、とてもロマンチックな雰囲気の店でした。

窓際のテーブルに案内された僕たちはその景色のよさに驚きました。しばらくはメニューを開くのを忘れてしまったほどでした。

窓の外は切れ落ちているらしく、葉の落ちた木の枝の先端が見えるだけで、下方には住宅街が広がり、その先は海でした。海は傾きかけた日差しを反射して眩しく輝いていました。ゆるくカーブを描きながら沖に向かって延びる海岸線の先端に江ノ島が見えます。大きな橋が架けてあって車でも渡れる江ノ島は頂上に植物園なんかもあって、確か展望台もあったはずです。小さい時に親に連れられて行ったのを憶えています。頂上に到る急坂の路地の両側にはみやげ物屋とか食堂なんかがひしめいていて、とてもにぎやかだった印象が残っています。その江ノ島が逆光で黒いシルエットになって金色の海に浮かんでいるのでした。

「ねえキミ、何を食べるの？」

久美子さんがメニューを広げて僕のほうに差し出していました。

「そうか、注文をしないとね。久美子さんは何にするの？」

「そうね、すごくお腹が空いちゃって迷ってるのよ。全部食べたいって感じ」

「面倒臭いからコースで頼んじゃおうか？」

「昼間っから？」

「聞いてみよう。すいませーん！」

さっきの女の子がきました。

「ディナーのコース、頼める？」

「ちょっと待って下さい」

女の子は厨房に消えるとまたすぐに戻ってきて言いました。

「大丈夫です」

「じゃあ、肉と魚のコースを一つずつ」

「ワインはどうしますか?」

「車できたから、いいです」

しばらくすると前菜が運ばれてきました。僕たちは窓の外の景色を眺めながら食べました。料理はスープからメインディッシュへと進んでいきました。どれもなかなかいい味でした。前菜もスープも僕と久美子さんとでは全て違うものが出てきました。もちろん僕たちはこっそり交換しながら食べました。お腹が空いていた僕たちは食べているあいだほとんど口をききませんでした。

「ああ、やっと落ち着いた」

久美子さんがお腹をさすりながら言いました。

水平線をゆっくりと船が動いています。

「久美子さんは江ノ島、行ったことある?」

「あるわよ。でも、だいぶ前」

「ご主人と？」

「ううん、大学の時に友だちと。鎌倉に観光に行ったついでに。あそこって坂がきつくてけっこう疲れるのよね」

「あとで行ってみない？」

「……」

久美子さんはあまり気乗りしないようでした。

「それより、あれ何かしら」

下方を指差して久美子さんが言いました。見ると窓の下の斜面の木立のなかに奇妙な形の建物が見えます。実は僕もさっきから少し気になっていました。白いコンクリートでできたその建物は扇形の角を取ったような形をしていて、なんて言うか落下する水玉のような形をしているのでした。僕はその形を見て（涙）を連想しました。

「変な形だね」

「そうね。なんかチーズケーキみたい」

久美子さんは僕とは違う感性をしているようです。そのとき女の子がデザートを持ってやってきました。久美子さんは女の子にたずねました。

「ねえ、あの建物なあに？」

「は？」

女の子は一瞬きょとんとしましたが、久美子さんが指差すほうを見てすぐにうなづきました。

「ああ、あれは美術館です」

「美術館？」

「はい、絵の」

「絵って誰の絵？」

「それはわかりません、行ったことはないので。ただ個人の美術館だということしか知りません」

「個人の美術館？」

僕が不審そうな顔をすると女の子は弁解するように言いました。

「はい。でもいつも休館日なんですよ。この店に仕事にくる時にはいつもあの美術館の前を通ってくるんですけど、まだ一度も開いてるのを見たことがないんです。とにかくあそこの持ち主は変わった人なんですよ」

「会ったことがあるの？」

「いいえ。でもみんなそう言ってます」

「ふーん」

女の子の話はどうも要領を得ません。でもおそらく個人蔵の美術館ということなのでしょう。そしてその絵の所有者が変人だと言うのでしょう。もっとも、絵を収集するような人間は商売人か変人のどちらかに決まってます。

「あの、もういいですか？」

女の子が困惑した顔をしていました。

「ああ、ごめんごめん。仕事の邪魔をしちゃったね」

デザートを食べ終えた僕たちは店を出ることにしました。僕がお金を払っているあいだ久美子さんはじっと後ろで待っていました。ちょっと高かったけど久美子さんのご主人になったような気分を味わえたので満足でした。

「さあ、どこへ行こうか？」

車に乗り込んだ僕たちは顔を見合わせました。でも、どうやら二人とも同じことを考えているようでした。

「ちょっと行ってみようか?」

「いいわね」

窓から見た記憶を頼りに適当に見当をつけて坂を下りました。するとまもなく美術館の前に出ました。レストランの女の子が言っていたように入口の門は閉まっていて、休館の札がぶらさがっていました。

僕たちは車から降りて門に近づきました。鉄格子の向こうに中庭をはさんで白い建物が見えます。僕たちが見ているのは扇形をしたその建物の弧に当たる部分のはずです。ちょうどその真ん中あたりに立派な玄関があるのですがやはり閉まっていて、まるで世間を拒絶しているかのような印象を与えます。

「絵を見るのは無理のようね」

久美子さんが腰に両手を当てて地面を蹴りました。

「もしかしたら開いてるかなって思ったんだけどね。まあ仕方がないよね」

僕はため息をついて鉄格子に寄りかかりました。

「それにしても静かだな。誰もいないのかな?」

そのとき一台の車が坂を登ってきて僕たちの目の前に止まりました。それは偶然にも僕の車と同じクリーム色のミニでした。手入れがいいらしく僕のミニのように軋む音も立てずに静かにドアが開きました。

運転席から降りてきたのは白髪の痩せた老人でした。プレスのよく効いた礼服にトレンチコートという姿の老人は、その気難しそうな顔つきから厳格な老紳士という感じでした。老人は両手で鉄格子の門をいきおいよく開けました。その動作は老人とは思えないほどきびきびしていました。そのあいだ老人は僕たちをずっと無視していて、まるで老人にとっては僕たちが存在してないかのようでした。

老人は車を敷地内に入れると、また門を閉めるために運転席から降りてきました。僕たちは勇気を出して声を掛けました。

「あの」

老人は僕たちを無視したまま門を閉めてしまいました。もしかしたら耳が遠いのかもしれません。僕と久美子さんは立ち去ろうとする老人に向かって大きな声を張り上げました。

「あの、すいません!」

老人は振り返って僕たちをジロっとにらみました。猛禽類のような冷たい目をしていました。

「何か用かね?」

「絵が見たくてきたんですけど、休館なのでがっかりしていたんです。ここの人ですか？」

「ああ、そうじゃよ」

「ここにはどんな絵があるんですか？」

「どんな絵？　お前たち絵がわかるのか？」

僕と久美子さんは顔を見合わせました。僕たちは試されているようです。

「わかります！　だから見せてください」

老人はちょっと驚いたような顔をしました。しかしすぐに怒りの表情に変わりました。

「馬鹿者！」

ものすごい声でした。僕も久美子さんも思わず後退りしてしまいました。でもここまできたらもう引けません。

「お願いです。見せてください」

僕と久美子さんは手を合わせて懇願していました。

「お願いです」

「お願いです」

老人はもう何も言わずに、ただ僕たちをにらんでいるだけでした。

「僕たち、遠くからきたんです」

しばらくにらみ合いが続きました。やがて老人は諦めたように言いました。

「お前たち夫婦か？」

僕は久美子さんを見ました。久美子さんは小さくうなづきました。僕は正直に答えることにしました。

「違います」

「じゃあ何だ」

「恋人どうしです」

「恋人どうし？」

「はい」

「ふん」

老人は鼻を鳴らして冷笑しました。

「まあよいわ。ところでさっき絵がわかると言ったな？」

「すいません、あれは……」

僕は頭を掻きました。

「じゃろうな。まったく最近の若いもんは平気で嘘をつきよるわ」

「これからは気をつけます」

「その車はお前のか？」

老人が僕のミニを顎でしゃくりました。

「はい」

二台のミニを見比べて老人は眉をひそめました。僕のミニと老人のミニとでは、すでにエンジン音からして違っているのでした。

「もう少しちゃんと手入れをしたほうがいいな」

「最近、ずっと忙しかったもんで……」

「その車は忙しい人間が乗る車ではないわ」

そう言いながら老人はさっき閉めた門をまたいきおいよく開けてくれました。

「とにかく、車をなかに入れなさい」

僕たちは老人のあとについて玄関の石段を上がりました。老人は重厚な扉を押し開けて僕たちを招き入れました。なかは暗くてひんやりとした冷気に包まれていました。窓がないのは絵に紫外線を当てないためでしょう。

「いま明かりをつけるからの」

まもなく建物の内部が柔らかい光りによって照らしだされました。僕たちの前には装飾の排された広い空間がありました。ゆるく湾曲している壁面には大小の絵が整然と配列されていました。

「わしは雑用があるから」

そう言って老人が奥のほうを見やりました。そこには螺旋階段があって立入禁止の札が立ててありました。きっと上の階は事務所か何かになっているのでしょう。

「ゆっくり見ていなさい」

「ありがとうございます」

老人は階段を登って二階に姿を消しました。

僕と久美子さんは絵を一枚ずつ丹念に見て歩きました。まもなく僕たちは立ち止まって顔を見合わせました。そこに展示してあるのは女性の肖像画ばかりなのでした。しかも描かれているのは全て同一人物と思われる女性なのです。

「どういうことかな?」

「さあ。でも綺麗なひとね」

同じ女性の絵ばかりとは言っても決して僕たちを飽きさせることはありませんでした。なぜなら一枚として同じ印象を与える絵はなかったからです。モデルはいろいろな表情で描かれていました。表情だけではなく色調も明るいもの暗いものとさまざまでした。背景も室内だけではなく、高原や湖など変化に富んでいました。

ひとわたり見て回ると僕たちはさらに時間をかけて一枚一枚じっくりと観察しました。作風としては全て写実主義に基づいて描かれていました。余計な強調はせずにただひたすらモデルを客観的に捉えて画面に再現することに力を注いでいるようでした。

作者がこの女性を描くことに画家としての全精力を傾けているのは明らかでした。おそらくここに展示されているのは膨大な数の作品のなかから選りすぐったものであるはずです。そこには一つとして駄作はありませんでした。どれもひと目見ただけで作者がモデルの女性に抱いていた愛情が胸に迫ってくるのでした。

なかでも僕が気に入ったのは海を背景にして描かれたものでした。季節はたぶん夏でしょう。積乱雲がわきだしている真っ青な空の下で波が砕け散っています。上半身だけが描かれている（彼女）は岩の上にでも座っているらしく不安定に体を傾けています。その場所にたどりつくのに思わぬ苦労をしたらしく額には汗が滲んでいます。太陽を反射して白く輝いているブラウスも胸元が汗ばんで肌に張りついています。

彼女はこちらを見て微笑んでいます。きっとこの作者といっしょに海に来れたことがうれしかったのでしょう。微笑みの下に突き上げるような喜びが押さえこまれています。しかし隠されているのは喜びだけではありません。喜びと同時に悲しみも隠されているのです。彼女は何が悲しいのでしょうか？　その原因はわかりません。とにかくそのふたつの相反する感情が微笑みの下の表出する寸前のところで止まっているのです。

おそらくその絵は後年その時のことを思い出しながら描いたのでしょう。それは作品の隅に印されている二つの数字からもわかります。その数字はその絵に限らず、そこに展示されている全ての作品に印されています。例えば僕が気に入ったその海を背景にした作品には六〇、九〇と印されています。これは彼女と海に行ったのが一九六〇年で、それを作品として描いたのが一九九〇年であることを示唆しているのだと思われます。

「その絵がお気に入りのようね」

久美子さんが言いました。

「久美子さんは？」

「あたしも同じ。この絵が一番気になるわ。でも好きだと言うのとはちょっと違うの。作品としては確かに優れているんだろうけど、この女の人を見てるとなんか不安になってくるのよ。そう思わない？」

「思う。たぶん彼女には何か悲しむべきことがあるんだと思うよ。それでいてその悲しみがはっきりと表情には表されてはいないので、そのことがかえって久美子さんを不安にするんだと思うよ」

「悲しみってどんな悲しみよ」

そのとき老人が降りてきました。僕たちは慌ててお礼を言いました。

「ありがとうございました。どれも素晴らしい絵で感動しました」

「そうか」

老人は優しげに微笑みました。

「ところで入館料はいくらですか？」

「入館料？」

老人は怪訝な顔をしました。

「そんなもんいらんよ」

「でも休館なのに無理に見せてもらって、その上お金も払わないなんて……」

「もともと金なんか取っておらんよ」

僕と久美子さんは顔を見合わせました。

「わかりました。本当にありがとうございました」

「それより上でお茶でも飲んでいかんか？　まあ、お前たちに時間があればの話じゃが」

僕たちはまた顔を見合わせました。

「もちろんよろこんで！」

僕たちは老人の後について螺旋階段を登りました。僕たちが通されたのは応接室のような部屋でした。衝立ての向こうには流しなんかもあるようでした。下の展覧室とは違ってそこには大きな窓があって明るい日差しにあふれていました。部屋の隅には簡易ベッドもあって毛布が半分落ちかけていました。

「ここに住んでいるんですか？」

「そうじゃ。一人暮らしじゃからこの通り散らかっておるが、まあ勘弁してくれ」

老人はそう言いながら僕たちにコーヒーをいれてくれました。

「いただきます」

窓の外の木の枝に小鳥がとまりました。ひとしきり鳴くとまたどこかへ飛んでいってしまいました。

「下に展示されていた絵は全部あなたが描いたものですね」

僕がそう言うと老人の鋭い目が冷たく光りました。

「そうじゃ」

「ひとつ聞いてもいいですか?」

「何じゃ」

「あの女の人は誰なんですか?」

老人は顔をしかめました。

「それは秘密じゃ」

「奥さんじゃないんですか?」

「お前たちがそう思うのなら、そういうことにしておこう」

「その人の写真はありませんか?」

すると老人は悲しそうな顔をしました。

「写真がないから絵に描いておるんじゃよ」

老人には悲しい過去があるようでした。僕たちにはわからないけれど、それはきっととても悲しい過去なのでしょう。そして恐らくそれは海を背景にして描かれた、あの肖像画に隠されている悲しみにきっと関係があるのでしょう。

「いいかお前たち。よく憶えておくのじゃ」

老人の声はいつしか震えていました。

「どんなに愛しておった女でも、死んでしまえばやがては記憶が薄れてしまうのじゃ。写真がなければその顔さえ忘れてしまうのじゃ。それがどんなにつらいことか、お前たちにはわかるか？　死ぬほど愛しておっても、時が経てば全て忘れてしまうのじゃ。人間とはな、そういうものなのじゃ」

老人はコーヒーカップを手にしたまま悲しげにうつむいてしまいました。僕たちも何と言えばいいのかわからず黙り込んでしまいました。

「あの」

僕は気分を変えようと試みました。

「もしよかったらアトリエを見せてくれませんか？」

老人は顔を上げて首を振りました。

「散らかっとるよ」

「お願いします。興味があるんです」

「興味？」

「そうです。いちど大芸術家のアトリエを見てみたいと思っていたんです」

「わしは大芸術家ではないよ」

「今はそうでなくても、必ずあなたは大芸術家になります」

「わしはそんなものにはなりたくないよ」

老人は困ったような顔をして、またうつむいてしまいました。

「とにかくアトリエを見せて下さい」

僕と久美子さんは老人を促すように立ち上がりました。

「さあ」

すると老人はしぶしぶ腰を上げるのでした。

「まったく最近の若いもんは遠慮を知らん」

「そうです。これが今流なんです」

僕たちは老人の後に従って廊下を歩いていきました。両側にはいくつもドアが並んでいました。

「ここは何の部屋ですか？」

「倉庫じゃ」

「絵がしまってあるんですか？」

「失敗作ばかりじゃ」

「失敗することもあるんですか？」

「当たり前じゃ。わしの場合うまく描けるのは百枚のうち一枚くらいじゃからの」

「大変なんですね」

老人は突き当たりのドアを開けました。

「ここがわしの仕事場じゃ」

アトリエのなかは絵の具の油の匂いで溢れていました。老人は散らかっていると言いましたが、それは謙遜ではありませんでした。そこらじゅうに画架が林立していて、床には使いきった絵の具のチューブが散乱していました。隅の机の上にはパレットがいくつも重ねてあって、何本もの筆やナイフがバケツのなかに無造作に放り込まれていました。

「もういいじゃろ」

老人が言いました。

「あれは何ですか？」

部屋の中央にひとつだけキャンバスを乗せた画架がありました。絵には布がかぶせてありました。

「あれはできたばかりでまだ乾いておらんのだよ」

「見せてもらえませんか？」

「かまわんよ」

老人は画架に近づくと布を取り払いました。

僕たちは一瞬とまどいました。そこにあったのはあの海を背景にした肖像画と同じものだったからです。構図もモデルのポーズも色調も寸分違わず同じものでした。でもよく見ると何かが違っていました。

その違いはすぐにわかりました。受ける印象がふたつの絵ではまったく異なるのです。僕たちが目にしている絵からは階下の絵のような不安感を感じないのでした。それは階下の絵の改良版なのでした。

僕は違いをはっきりと見定めるために改良版に顔を近づけました。でも具体的な相違点を発見することはできませんでした。不思議なことに、近づけば近づくほど階下の絵と同じに見えてしまうのです。それでいて諦めてその絵から離れたとたんに、また最初の印象が戻ってくるのでした。

具体的な違いを指摘することはできないけど、微笑んでいるその表情が微妙に変化していることだけは確かでした。その変化もあまりにも微妙であるために、ざっと見ただけでは見落としかねないほどなのでした。ほんのわずかな筆さばきの違いでこんなに印象を変えてしまうなんて本当に驚きです。

微笑みのなかに喜びと悲しみが混在していることは変わっていません。彼女の心のなかで突き上げるような喜びと身を切り裂くような悲しみが同時に渦巻いているのです。違っているのはその二つの対立する感情が共存していることです。階下に展示されている絵は見る者に不安を与えるのに改良版からは不思議な安らぎを感じるのです。

その変化の原因は何でしょうか？　それはおそらく彼女の悲しみが浄化されたためでしょう。どういう心理的過程を経てそんな境地に至ったのかは知る由もありませんが、改良版のなかの彼女はもう悲しみの原因を無理に解決しようとはしていません。素直にそれを受け入れて今を楽しんでいるようです。

岩の上に不安定に腰かけ、額に汗を滲ませて微笑んでいる彼女からはもう不安を感じることはありません。そこにあるのは安らかな平和な時です。まるで台風の目のなかにでもいるような不思議な安らぎです。それはなんという静かな、そしてつかの間の平和であることでしょう。

僕たちはその絵を前にして立ちつくしていました。いつしか僕たちの目からは涙があふれだしていました。絵のなかから優しく微笑みかける彼女から僕たちはいつまでも目をそらすことができませんでした。

老人はこの女性だけを愛し、そして今でも愛し続けているのでしょう。まさしくその絵には〈永遠の愛〉が表現されていました。

「ゴホン」

老人が咳払いをしました。

「わしはさっきお前たちに、絵がわかるのかなどと失礼なことを言ってしまったが、あれは取り消すよ」

「いいえ、僕たちのほうこそこんな傑作が見られるとは思いませんでした。しかもそれがまだ誰の目にも触れていない、できたばかりのものだなんて……これは文字通りあなたの画家としての仕事の集大成ですね」

「そうじゃ。今のところはな。まったく完成するのに三年も費やしてしまったわ」

「それでずっと休館してたんですね」

「そういうことじゃ」

僕たちは辞去することにしました。絵を見せてもらった上にお茶までご馳走になったことを僕たちは何度もお礼を言いました。螺旋階段を降りながら僕は老人にたずねました。

「あの女の人はいつ死んだんですか？」

「もう三〇年以上まえじゃよ」

「それからずっと一人でいるんですね」

「まさか。これでも一応男じゃからの」

「ハハハ」

「実はな、さっき外でお前たちと会ったのはあいつの墓参りに行ってきた帰りだったんじゃよ」

「じゃあ僕たちはお疲れのところを無理に頼みこんじゃったわけですね」

「なあに、かまわんさ」

「お墓は近くにあるんですか？」

「とんでもない。九州じゃよ」

「九州？　もしかして鹿児島ですか？」

「そうじゃが、なんで知っておるのじゃ」

「いいえ、何となくそんな気が……それよりあのミニで鹿児島まで行ってきたんですか？」

「なあに、わしのミニはお前のと違ってちゃんと整備しておるからの。どこまでだって行けるわ」

「僕もこれからはちゃんと手入れします」

僕たちは玄関のところで老人と別れました。

「外までは見送らんからな。門をちゃんと閉めていってくれよ」

僕たちはお辞儀をしました。

「本当にありがとうございました」

老人は微笑みながら、うなづきました。

◇

海沿いの道を走っています。窓から冷たい風が入ってきます。車のなかは潮の香りに満ちています。

冬の陽は短く、あっという間に夕方になってしまいます。食堂や民宿やサーフショップの作る影が刻一刻と濃くなっていきます。

海がオレンジ色に輝いています。防波堤に干してある網も、沖を行く漁船も、遠くに見える江ノ島も全て海を背景に黒いシルエットになりつつあります。

久美子さんは眠っています。さっきまで楽しそうに話をしていたのに、いつのまにか眠ってしまったのです。久美子さんは夢を見ているようです。ときどき何か寝言を言いながら狭いシートで寝返りを打ちます。

久美子さんはいったいどんな夢を見ているのでしょうか？　楽しい夢でしょうか？　それとも恐い夢でしょうか？　僕は久美子さんの寝顔をそっと見てみます。ところが久美子さんは楽しそうでもないし、うなされているようでもありません。と言うことは久美子さんは楽しくも恐くもない無感動な夢を見ているということなのでしょうか。

不意にこのまま久美子さんを連れてどこか遠くへ行ってしまいたい衝動に駆られます。遠くの知らない街へ行って二人で新しい生活を始めるのです。久美子さんとならそんなことも決して不可能ではないような気がします。

「ねえ、キミ」

いつのまにか久美子さんが目を覚ましていました。

「真面目な顔しちゃってどうしたのよ。またHなことでも考えてたの?」

「あのね久美子さん。僕だっていつもHなことばかり考えてるわけじゃないよ」

「あらそう」

「それより久美子さん。眠気ざましに散歩でもどう?」

「そうね。せっかく海へ来たんだし……」

僕はハンドルを左に切って海に架かる橋を渡りました。江ノ島へ渡る橋です。

橋の上からは海岸線が見渡せます。海岸道路に沿ってレストランやホテルが並んでいます。すぐそこに水族館も見えます。真夜中にりえが聞いて怯えていた、アシカの鳴き声を思い出します。

橋の上の歩道には屋台が並んでいます。釣り人が丸椅子に腰かけてお酒を飲んでいます。足元のクーラーボックスには釣り竿が立て掛けてあります。江ノ島の頂上を越えた向こう側は岩場になっていて磯釣りができるのです。

橋を渡りきると車道は江ノ島への登り口の手前で左にカーブします。ヨットハーバーを横目にさらに進むと防波堤に突き当たって駐車場になっています。僕たちはそこに車を停めました。

僕たちは江ノ島の登り口のほうに向かって歩きだしました。ヨットハーバーにはたくさんのヨットが係留されていました。帆をたたんだマストが林立して揺れていました。

歩道を自転車に乗った小学生くらいの男の子がやってきました。男の子は後ろに女の子を乗せていました。男の子と同い年くらいのその女の子は遠慮がちに男の子の腰につかまってうつむいていました。

「ねえ」

久美子さんが立ち止まって言いました。

「ちょっと言いづらいんだけど……キミと逢えるのも今日が最後なのよ」

僕は驚きませんでした。はっきりとは意識していなかったけれど、昨日から心のどこかで予感していたことでした。

「でも……どうして最後なの？」

「遠くへ行くのよ」

「遠くって外国とか？」

「そう」

「いつ出発するの？」

「明日の朝。ひとりで行くの」

「もう帰ってこないの？」

「しばらくはね。遊びに行くわけじゃないから」

ご主人の仕事の関係で外国へ行くことになったのでしょうか？　僕は久美子さんのご主人がどんな仕事をしているのか知りません。でも、なぜいっしょに出発しないのでしょう。何か特別な事情があるのでしょうか？　久美子さんはご主人とケンカでもしているのでしょうか？

あるいは久美子さんはバレエをやっていると言っていたから、その関係で外国へ行くのかもしれません。もしそうだとして、久美子さんはご主人を日本に残してひとりで行くつもりなのでしょうか？

わからないことはたくさんありました。でも僕はそれ以上質問しませんでした。久美子さんがなぜ外国へ行くのか、それを知ったところで何も変わらないからです。とにかく久美子さんは（今日で最後）と言ったのです。

「明日の朝、飛行機に乗るの？」

「そうよ」

「じゃあ今晩もうちに泊まれるね。朝早くうちを出ればいいよね」

「そうね……でもやっぱりやめとく。今日は成田のホテルに泊まるわ」

「どうして？」

「だって、これ以上キミといたら……」

そう言って久美子さんはあくびをしました。こんな重大な話をしながら久美子さんはあくびをするのです。でも、それもいかにも久美子さんらしい可愛い仕草なのでした。

僕は思い出しました。久美子さんは昨日から何度も居眠りしていました。もしかしたら久美子さんは僕と逢う時間を作るために睡眠時間を減らしてまで出国の準備をしていたのかもしれません。

「OKわかったよ。そのかわり」

「そのかわり？」

「島の向こう側まで行ってみようよ」

「行ってどうするの？」

「どうもしないけど。でも岩場があるんだよ。今から行けばきっと夕日の沈むのが見られるよ」

「でも向こう側に行くには一度頂上まで登ってからまた下るんでしょ？」

久美子さんはそう言って眉をしかめました。

「ねえ久美子さん。最後のお願い」

「……わかったわ。最後の頼みじゃあ仕方ないわね」

江ノ島は本当に久しぶりでした。小さい頃に親に連れられてきて以来です。湘南海岸にはこれまでにも何度も海水浴に来たし、去年も友人とりえとめぐみとで夜中にドライブに来ました。でも江ノ島に渡る機会はありませんでした。と言うのも江ノ島は観光地という印象が強く、女の子といっしょに歩くにはちょっと野暮ったい感じがしたし、それに泳げる所もないからです。

久しぶりに来た江ノ島はシーズンオフでしかも平日のせいか、人も少なくてちょっと淋しい感じでした。小さい頃に親と来たときにはとても賑やかで、人とぶつからないように気をつけて歩かなければならないほどだったのが、まるで嘘のようです。あの時はちょうど夏休みで父も母も水着の上にシャツを羽織っただけという姿でした。

坂道の両側に旅館やみやげもの屋が並んでいます。食堂の店先には水槽があって、底にサザエが沈んでいます。店の奥から醤油の焼ける香ばしい匂いが漂ってきます。まんじゅう屋は店先にセイロを置いてまんじゅうを蒸しています。真っ白い湯気が立ちのぼっています。

「一個でも売ってくれますか?」

僕は店のおばさんに聞いてみました。

おばさんは愛想よく答えました。

「いいよ」

「じゃあ一個ください」

ついでに僕は使い捨てカメラも一つ買いました。

僕と久美子さんは半分に割ったまんじゅうを食べながら歩きました。

しばらく歩くとエスカレーター乗り場がありました。これに乗るとトンネルのなかを何度か乗り継いで頂上まで行けるのです。もちろんそれは有料です。

江ノ島エスカー、一八〇円。

「ねえ久美子さん。ここで問題です」

「はい」

「なぜ、このエスカレーターはエスカーというのでしょう?」

「うーん」

久美子さんは首をひねりました。

「さあ、わかりますか?」

「うーん。わかんない」

「正解。このエスカレーターは登り専用で下りがありません。つまり片道です。だからエスカーと言うのです。帰りは歩いてください」

「へえー。ところでこのエスカーに乗るんでしょ？」

「乗らない」

「どうして？」

「自分の足で歩きたいんだよ。久美子さんといっしょにね。そのほうが体にもいいし」

エスカー乗り場のすぐ先に江ノ島神社へ続く階段がありました。僕たちは白い息を吐きながらその階段を登りました。大きな神殿はひっそりとしていました。平日でしかももう夕暮れなので参拝する人は誰もいません。

島の頂上に着いたときにはもうだいぶ陽も傾いていました。見上げると灯台のような展望台も夕日で赤く染まっていました。植物園はもう閉まっていました。

植物園の先にもまだ食堂やみやげもの屋が並んでいましたが、ほとんどはもう閉まっていました。ふと小さな看板が目に止まりました。

世界の貝の博物館。

博物館と言っても外見は他のみやげもの屋と変わりありません。ただ店の横のショーウインドーに貝を並べて展示してあるだけなのです。それでも博物館と称するだけのことはあって、並んでいるのはどれも珍しい貝殻ばかりでした。

クロトゲホネガイ（インド・太平洋）¥二〇〇〇。

展示品は商品でもあるのでした。

「綺麗ね」

久美子さんが言いました。

まもなく道は下りになり始めました。辺りはだいぶ薄暗くなってきました。二人の影がみるみる長く延びていきます。

「久美子さん、急ごう」

「本当に向こうまで行くの？」

「ここまで来たらもうすぐだよ」

「嘘、ここでやっと半分なんじゃないの？」

「でも後は下りだよ」

「帰りは登りでしょ？」

「どうしても久美子さんといっしょに行きたいんだよ」

久美子さんは首を振って、お手上げのポーズをしました。

「仕方ないわね」

僕たちは早足に歩きました。不意に横から冷たい風が吹きつけてきました。見るとそこだけ展望が開けているのでした。遥か下方の岩壁に波が打ち寄せているのが見えました。

やがて神社の奥津宮の前に出ました。奥津宮は登りの途中にあった神社ほど大きくなく神殿も質素でした。ちょうど巫女さんが神殿の扉を閉めるところでした。扉が閉まる瞬間に神殿の奥の御神体がちらっと見えました。御神体は大きな丸い鏡でした。

ふと参道の脇の植木のなかで何かが動いたような気がしました。見るとそれは一匹の猫でした。白黒まだらのどこにでもいるような普通の猫でした。しゃがんで手を延ばしても逃げませんでした。喉をさすると猫は気持ちよさそうに目を閉じました。

「あっ」

久美子さんが小さく叫んで近くを指差しました。見るとそこにも猫がいました。不審に思って周囲を見渡すと猫はそこら中にいるのでした。それも白黒の猫だけではなくて、トラや三毛などいろんな猫が植木のなかやベンチの下やごみ箱の裏などにじっとしているのでした。

神社をすぎると下りがきつくなりました。つづれ折りの急な階段が続きました。猫は相変わらず行く手のあっちこっちに現れました。石垣の上や家と家のすき間などにじっと動かずにいるので、すぐ近くに行くまで気づかないことも度々でした。

目の下に海が見えました。黒い海面がうねっていました。もう陽が沈もうとしていました。

「久美子さん、もう少しだよ」

岩場に降り立ったのは夕日が水平線に沈むのと同時でした。

「綺麗」

久美子さんが言いました。

赤い空がだんだん青黒く染まっていきます。周囲からは闇が迫ってきます。

「久美子さん、写真を撮るよ」

「いいわよ。はいピース」

そう言って久美子さんはその場でポーズを取りました。

僕は首を振りました。

「ううん、ここじゃなくて」

「じゃあ、どこよ」

「あの岩場で」

「あそこまで行くの？」

「そう」

「危なくない？」

「大丈夫」

足元がすべるので僕たちは気をつけて岩場の突端に近づきました。波が来ると海水に浸ってしまう場所がいくつかありました。僕は久美子さんの手を引いて波と波のあいだを縫って急いで渡りました。もう周囲はほとんど闇に包まれていました。

僕たちはやっと岩場の突端に着きました。すぐそばで波が砕け散ります。

「早く撮って帰りましょうよ」

久美子さんが不安そうな声で言いました。

「そうだね。じゃあ、そこの岩に座って」

「ここ？」

「そう」

久美子さんは恐る恐る腰を降ろしました。

「ちょっと座りずらいわね」

「そのほうが構図的にいいんだよ」

「はいはい」

「じゃあ撮るよ」

「いいわよ」

「はいチーズ」

シャッターを押すと一瞬ストロボの光で久美子さんの姿が明るく浮かび上がりました。思ったとおりでした。そこはあの絵のなかでモデルの女性が座っていた場所でした。ファインダーのなかで久美子さんは僕に微笑みかけていました。よほど座りづらい岩らしく上半身を不安定に傾けていました。急いで坂を下ってきたので額には微かに汗が滲んでいました。

「あっ！」

久美子さんが僕のほうを指差して叫び声をあげました。僕はファインダーから目を離しました。

僕は後ろを振り返りました。

見るといつのまにか潮が満ちてきて、僕たちの渡ってきた所が海水に沈んでしまっているのでした。

著者プロフィール
瞳 じゅん（ひとみ じゅん）
1960年　東京生まれ

# ブルースマイル

2000年12月1日　初版第１刷発行

著　者　瞳じゅん
発行者　瓜谷綱延
発行所　株式会社文芸社
〒112-0004　東京都文京区後楽2－23－12
電話03-3814-1177（代表）
03-3814-2455（営業）
振替00190-8-728265

印刷所　株式会社平河工業社

乱丁・落丁本はお取り替えします。
ISBN4-8355-1033-X C0093